新 視 野
中華經典文庫

新 視 野
中華經典文庫

唐詩三百首

名譽主編 饒宗頤
導讀及注釋 康震 陳珀如

中華書局

新視野中華經典文庫

唐詩三百首

□
導讀 / 注釋
康震　陳珀如

□
出版
中華書局（香港）有限公司
香港北角英皇道 499 號北角工業大廈一樓 B
電話：（852）2137 2338　傳真：（852）2713 8202
電子郵件：info@chunghwabook.com.hk
網址：http://www.chunghwabook.com.hk

□
發行
香港聯合書刊物流有限公司
香港新界荃灣德士古道 220-248 號
荃灣工業中心 16 樓
電話：（852）2150 2100　傳真：（852）2407 3062
電子郵件：info@suplogistics.com.hk

□
印刷
深圳中華商務安全印務股份有限公司
深圳市龍崗區平湖鎮萬福工業區

□
版次
2013 年 1 月初版
2020 年 11 月第 4 次印刷

□
規格
大 32 開（205 mm × 143 mm）

□
ISBN：978-988-8181-41-4

出版說明

為甚麼要閱讀經典？道理其實很簡單——經典正正是人類智慧的源泉、心靈的故鄉。也正是因此，在社會快速發展、急劇轉型，因而也容易令人躁動不安的年代，人們也就更需要接近經典、閱讀經典、品味經典。

邁入二十一世紀，隨着中國在世界上的地位不斷提高，影響不斷擴大，國際社會也越來越關注中國，並希望更多地了解中國、了解中國文化。另外，受全球化浪潮的衝擊，各國、各地區、各民族之間文化的交流、碰撞、融和，也都會空前地引人注目，這其中，中國文化無疑扮演着十分重要的角色。相應地，對於中國經典的閱讀自然也就有不斷擴大的潛在市場，值得重視及開發。

於是也就有了這套立足港台、面向海外的「新視野中華經典文庫」的編寫與出版。希望通過本文庫的出版，繼續搭建古代經典與現代生活的橋樑，引領讀者摩挲經典，感受經典的魅力，進而提升自身品位，塑造美好人生。

本文庫收錄中國歷代經典名著近六十種，涵蓋哲學、文學、歷史、醫學、宗教等各個領域。編寫原則大致如下：

（一）精選原則。所選著作一定是相關領域最有影響、最具代表性、最值得閱讀的經典作品，包括中國第一部哲學元典、被尊為「群經之首」的《周易》，儒家代表作《論語》、《孟子》，道家代表作《老子》、《莊子》，最早、最有代表性的兵書《孫子兵法》，最早、最系統完整的醫學典籍《黃帝內經》，大乘佛教和禪宗最重要的經典《金剛經》、《心經》、《壇經》，中國第一部詩歌總集《詩經》，第一部紀傳體通史《史記》，第一部編年體通史《資治通鑒》，中國最古老的地理學著作《山海經》，中國古代最著名的遊記《徐霞客遊記》，等等，每一部都是了解中國思想文化不可不知、不可不讀的經典名著。而對於篇幅較大、內容較多的作品，則會精選其中最值得閱讀的篇章。使每一本都能保持適中的篇幅、適中的定價，讓普羅大眾都能買得起、讀得起。

（二）尤重導讀的功能。導讀包括對每一部經典的總體導讀、對所選篇章的分篇（節）導讀，以及對名段、金句的賞析與點評。導讀除介紹相關作品的作者、主要內容等基本情況外，尤強調取用廣闊的「新視野」，將這些經典放在全球範圍內、結合當下社會生活，深入挖掘其內容與思想的普世價值，及對現代社會、現實生活的深刻啟示與借鑑意義。通過這些富有新意的解讀與賞析，真正拉近古代經典與當代社會和當下生活的距離。

（三）通俗易讀的原則。簡明的注釋，直白的譯文，加上深入淺出的導讀與賞析，希望幫助更多的普通讀者讀懂經典，讀懂古人的思想，並能引發更多的思考，獲取更多的知識及更多的生活啟示。

（四）方便實用的原則。關注當下、貼近現實的導讀與賞析，相信有助於讀者「古為今用」、自我提升；卷尾附錄「名句索引」，更有助讀者檢索、重溫及隨時引用。

（五）立體互動，無限延伸。配合文庫的出版，開設專題網站，增加朗讀功能，將文庫進一步延展為有聲讀物，同時增強讀者、作者、出版者之間不受時空限制的自由隨性的交流互動，在使經典閱讀更具立體感、時代感之餘，亦能通過讀編互動，推動經典閱讀的深化與提升。

這些原則可以説都是從讀者的角度考慮並努力貫徹的，希望這一良苦用心最終亦能夠得到讀者的認可、進而達致經典普及的目的。

「弘揚中華文化」是中華書局的創局宗旨，二〇一二年又正值創局一百週年，「承百年基業，傳中華文明」，本局理當更加有所作為。本文庫的出版，既是對百年華誕的紀念與獻禮，也是在弘揚華夏文明之路上「傳承與開創」的標誌之一。

需要特別提到的是，國學大師饒宗頤先生慨然應允擔任本套文庫的名譽主編，除表明先生對本局出版工作的一貫支持外，更顯示先生對倡導經典閱讀、關心文化傳承的一片至誠。在此，我們要向饒公表示由衷的敬佩及誠摯的感謝。

倡導經典閱讀，普及經典文化，永遠都有做不完的工作。期待本文庫的出版，能夠帶給讀者不一樣的感覺。

中華書局編輯部

二〇一二年六月

目錄

樂府　七首

七言古詩　二十一首

樂府　十二首

五言律詩　七十七首

七言律詩　五十一首

樂府　一首

五言絕句　二十九首

樂府　八首

七言絕句　五十一首

《唐詩三百首》導讀

康震

唐詩，是唐代文學留給後世的一筆豐富的精神財富。它諸體完備，名家輩出，流派眾多，成就斐然。唐詩流傳至今有五萬多首，可考詩人兩千八百餘人。

唐詩在歷代的諸多選本

在普及和流播過程中，唐詩選本難以勝數。僅唐人編選的唐詩選本便有多種，其中多為斷代選集，如芮挺章的《國秀集》選錄天寶三載前初、盛唐的詩作，殷璠的《河嶽英靈集》專錄盛唐開元、天寶間的詩作，高仲武則仿殷書體例選肅宗、代宗二朝詩作，編成《中興間氣集》。

這些選集的編選各有所重，如殷璠取詩論興象重風骨而無取權勢，元結的《篋中集》則多錄復古之詩人作品，姚合的《極玄集》則以王維一派詩風為重，後蜀韋穀的《才調集》卻偏重晚唐作品，以穠麗宏敞為宗。

「唐人選唐詩」選集，為唐詩發展與唐代詩人生平的研究提供了珍貴的資料。到了宋代，開始出現唐代詩歌總集。宋人洪邁所編《萬首唐人絕句》收錄唐人絕句逾萬首，趙孟奎的《分門纂類唐歌詩》收詩達四萬餘首。

宋元時期的唐詩選本不多，較重要者有宋王安石之《唐百家詩選》，但此選集無明確選編標準。宋綬所編的《歲時雜詠》專取唐人歲時節日詩歌。周弼專錄唐人七絕、七律、五律三體詩，編成《唐三體詩》，並詳細分格，講說作法。金朝元好問的《唐詩鼓吹》風格宗流麗曉暢，取詩偏於中、晚唐。元代楊士弘的《唐音》則以始音、正聲、嗣響分選唐詩，有較大影響。

及至明清，唐詩選本甚眾，其中影響最大的明代選本是高棅的《唐詩品彙》與李攀龍的《唐詩選》。前者選詩與析論皆具識見，論詩崇尚盛唐，並區分流變，將唐詩確分為初、盛、中、晚唐四期，為學習唐詩者指出明確途徑，影響甚為深遠；後者則以初、盛唐為重，以精美流麗、聲響洪亮為宗，其選本頗為世人所重，但入清後漸遭冷落。

另有明代胡震亨的《唐音癸籤》，分成十籤，分門別類地彙輯唐代詩歌。其他有影響的明代選本尚有唐汝詢的《唐詩解》、陸時雍的《唐詩鏡》等。

清初季振宜則以錢謙益的《唐詩紀事》為據，編成《唐詩》七百一十七卷。康熙年間官修之《全唐詩》，便是以季書為本、胡書為補編纂完成的。《全唐詩》不作選擇地網羅唐人詩歌，成書匆促，重出誤收、短漏訛誤之處甚多，頗受後人詬病，但其總彙唐代詩歌，使唐詩愛好者和研究者大獲霑益，並對唐詩的流傳有較大貢獻。清代選本中，具影響力者有王夫之的《唐詩評選》、王士禎的《唐賢三昧集》和《唐人萬首絕句選》。

此外沈德潛的《唐詩別裁集》，選詩推崇溫柔敦厚，錄詩一千九百餘首，分體編排，流行一時，影響極大。蘅塘退士（孫洙）編選的《唐詩三百首》則選取膾炙人口、通俗曉暢之作，適應童蒙課讀之需要，流佈廣泛，家絃戶誦，成為唐詩選集的經典。

蘅塘退士與《唐詩三百首》的編選

《唐詩三百首》編成於清乾隆二十八年（一七六三），原僅署名「蘅塘退士」，直到上世紀五十年代，經學者考證，才確知作者為孫洙。孫洙（一七一一——一七七八），字臨西，或作苓西，別號蘅塘退士，江蘇無錫人。乾隆十六年（一七五一）進士，歷官直隸大城、盧龍、山東鄒平知縣。乾隆二十七年（一七六二），任山東鄉試同考官，後改江寧府儒學教授。晚年歸里，著有《蘅塘漫稿》。乾隆二十八年，與善書工詩的繼室徐蘭英切磋商討，編成這部唐詩選作為家塾課本。

從清顧光旭編《梁溪詩鈔》卷四十二、竇鎮《名儒言行錄》卷下之相關資料可知，孫洙少時家貧卻苦讀不輟，曾先後多次擔任學官之職。孫洙歷任學官，深明詩教以教化為上，其書中自序言此選集以「專就唐詩中膾炙人口之作，擇其尤要者」，祈能達到「俾童而習之，白首亦莫能廢」的目的，體現出其純學方正之意旨。

《唐詩三百首》的特點

《唐詩三百首》篇幅適中，所收作者兼顧眾家，既收到「一臠全鼎」之效，亦可達到普及之目的。據學者統計分析，其所選篇目中有二百七十首見於王士禎的《古詩選》、《唐賢三昧集》、《唐人萬首絕句選》，有二百三十九首見諸沈德潛《唐詩別裁集》，其餘則見於高棅的《唐詩品彙》、唐汝詢的《唐詩解》等著名唐詩選本中。細析篇目，所取者皆為平大敦厚或怨而不怒之作，力尊豐神情韻之唐調為正宗。

其所收作者共七十七位，其中杜甫入選作品最多，其次為王維、李白、李商隱、孟浩然、韋應物，此六位詩人的作品總數便已達百首，成為選集突出的重點。其餘作家上至皇帝、宰執，下到僧人、歌女，兼收反映社會各階層生活的詩人作品。同時涵蓋各種不同的詩歌題材，舉凡山水田園、詠史懷古、登山臨水、贈別懷遠、邊塞出征、思婦宮怨等等，兼而有之，膾炙人口之作略無遺漏。如王之渙存詩只有六首，便選進兩首；金昌緒僅存一首，亦選入。《唐詩三百首》選詩還兼重實用，那些奉和應制、勸慰落第罷官之作也都在集中，以合科舉取士之用。

編者在擇選具有代表性詩人作品的同時，不僅選取他們成就最高的代表作，使全書作品成為最優之選，還擇取多種詩歌體裁，以表現其不同風貌。如杜甫選詩中，他最擅長的律詩有二十多首，同時也選有古體詩與絕句。李白的選詩中，最能表現其個性和風格的古體詩、樂府詩合計十幾首，但絕句與律詩亦不曾或缺。

《唐詩三百首》的編選初旨乃欲取代「工拙莫變」的千家詩，成為童蒙讀本，並期待讀者能貫徹終身，直至「白首亦莫能廢」。因此編者承舊創新地確立了自己的編排體例，以避免進入《千家詩》只選五七律絕、輕情志逐聲對的歧途。

全書涵括唐代詩歌的全部體裁，並按詩體分為五言古詩、七言古詩、五言律詩、七言律詩、五言絕句、七言絕句六大類，同時單列樂府詩於每類之後。這種先古體後律體、絕句的詩體安排，除呈現出唐詩發展歷程之外，亦秉承自唐以來學詩從古體着手，先培植底氣，以情志為本，再入律體調聲逐對技巧的學詩傳統，以達到「聲律風骨兼備」的境界。單列樂府詩於每類之後，一方面便於吟誦、利於學習詩歌，同時也表現唐詩與音樂的密切關係，以及律詩由樂府發展而來的演進軌跡。

《唐詩三百首》滿足了童蒙詩集方正、易誦、易讀、易解的需要，並顧及詩歌體裁、題材的完備，其思想內容涉及豐富的時代社會生活與思想情感。雖在選目上仍有畸重畸輕、顧此失彼的缺點，許多知名作者的代表詩作未被收錄，也缺乏反映社會矛盾、民生疾苦的詩作，但在歷代的唐詩選集中，仍不失為一部最具影響力、生命力，雅俗共賞的選本，編定之初便已「風行海內，幾至家置一編」（見乾隆十一年仲夏月中浣四藤吟社主人《唐詩三百首序》），迄今歷經二百餘年，尚能光景常新，繼續發揮中國古代詩歌啟蒙與傳統文化傳承的作用。

本書的主要貢獻

《唐詩三百首》自編成以來，其批評注釋本極多，屢刻每有增補，有三百一十三首、三百一十七首、三百二十一首等不同版本，其中，以章燮《唐詩三百首注疏》為最早，陳婉俊《唐詩三百首補注》於作家小傳和名物典故均有詮解，影響最大。此次整理評注是以「中華經典藏書」（其底本為陳婉俊補注本的光緒間日本四藤吟社刊本）為底本，參以喻守真《唐詩三百首詳析》以及諸家別集。我們做的主要工作是：

一、整理文本，校正部分誤字。對於詩人的小傳，力求簡明全面介紹其生平、詩作風格和作品結集情況。

二、重新注釋，力求簡明淺顯，不作過多的徵引、考證，同時校改底本某些注錯之處，補充一些必要的注釋。如孟浩然《臨洞庭上張丞相》，根據考證，張丞相應指「張說」而非「張九齡」；韋莊《章台夜思》中章台之地點，為楚靈王行宮章華台，故址在今湖北，陝西長安為非。

三、對作品作賞析與點評，着力在歷代蜂起的大批注本之外，找出貼近時代的新意，這是一個較為新穎的嘗試。在短小的篇幅中，希望能以簡潔、優美的文字，引領讀者與我們一起進入詩歌的氛圍，深入理解詩意，一同欣賞和借鑒唐詩的藝術技巧，並發現唐代詩歌的當代意義。

此次香港中華書局出版《新視野中華經典文庫》，此書亦列入其中。這是一件嘉惠學林、澤被大眾的好事，值得我們努力。蒙香港中華書局的熱情邀約與幫助，我們不揣淺陋，大膽地進行了整理與評注的工作。囿於學識不足與時間所限，必然還存在諸多不當之處，懇請各位讀者賜教。

五言古詩　三十首

五言古詩，簡稱「五古」，古體詩的一種，形成於漢、魏時期。每句字數為五，每篇句數不拘，不求對仗，平仄和用韻比較自由，通常不入律。其中篇幅短者，多為直賦其情或比興寄託，篇幅較長者則用以敘事、議論、抒情。風格以高古、雄渾、有風骨為正。

唐代五言古詩，筆力豪縱，氣象萬千，佳作甚多。代表作家有初唐陳子昂、張九齡，盛唐王維、孟浩然、李白、杜甫，中唐柳宗元、韋應物等。

張九齡

張九齡（六七八—七四〇），一名博物，字子壽，韶州曲江（今廣東韶關）人。官至尚書右丞相。守正嫉邪，敢言直諫，為開元賢相。後受李林甫所排擠，貶荊州長史。死後賜謚文獻。

張九齡人品典正，詩品雅麗：「唐初五言古漸趨於律，風格未遒。陳正字（子昂）起衰而詩品始正，張曲江繼續而詩品乃醇。」（清沈德潛《唐詩別裁集》）。他早期的詩歌和雅清淡，後期遭饞被貶後，詩風轉為勁煉質樸，寄託深遠。其五言詩「以興寄為主，而結體簡貴，選言清泠，如玉磬含風，晶盤盛露，故當於塵外置賞。」（明胡震亨《唐音癸籤》）《全唐詩》存其詩三卷，有《曲江集》傳世。

感遇[1] 二首

其一

蘭葉春葳蕤（wēi ruí）[2]，桂華秋皎潔[3]。欣欣此生意，自爾為佳節[4]。誰知林棲者[5]，聞風坐相悅[6]。草木有本心[7]，何求美人折[8]。

注釋

1 詩共有十二首，此為第一首。作於唐開元二十五年（七三七）張九齡被貶為荊州長史時。2 **蘭**：指蘭草，亦稱澤蘭。**葳蕤**：指草木茂盛的樣子。3 **桂華**：「華」通「花」，秋桂色黃白，故稱皎潔。4 **生意**：即生機。**自爾**：自然地。5 **林棲者**：指山林隱士。6 **聞風**：指沐浴在蘭桂的芬芳裏。**坐**：因。**悅**：愛，賞。7 **本心**：草木之天性，喻人之本志。8 **美人**：指「林棲者」，喻君王或權要。

賞析與點評

作者當時正遭遇政治上的傾軋，因受奸相的饞陷，由右相之尊出貶為荊州長史。「草木有本心，何求美人折」二句為全詩主旨，因蘭桂之芬芳美好，本就是自然天性，無求人攀折之意。正如賢者行芳志潔，自是其素性所為，不是為博取高名而作，更不以求得君相賞識為目的。詩人在詩中自比為蘭桂，既表示自己具有堅貞清高的氣節，也表明自己有不求「美人折」的本心。從中流露出詩人無求無待的恬淡從容，遠禍避饞的心情亦隱然可見。

其二[1]

江南有丹橘，經冬猶綠林[2]。豈伊地氣暖[3]，自有歲寒心[4]。可以薦嘉客[5]，奈何阻重深。運命惟所遇，循環不可尋[6]。徒言樹桃李，此木豈無陰[7]？

注釋

1《感遇》十二首之七。2 丹橘：紅橘。猶：尚，還。3 豈：難道。伊：那裏，此指江南。4 歲寒心：據《論語．子罕》，孔子有「歲寒，然後知松柏之後凋也」之語，後用以比喻節操堅貞。此指橘具有耐寒的本性。5 薦：進獻。6 運命：猶言命運。循環：命運的否泰交替。7 徒：但，只。樹桃李：樹，種植。

李白

李白（七〇一—七六二），字太白，號青蓮居士。祖籍隴西成紀（今甘肅秦安），出生於中亞碎葉城（今吉爾吉斯斯坦托克馬克城）。五歲時隨父遷回四川綿州彰明（今屬四川江油）。二十五歲出蜀漫遊干謁，仗劍任俠，訪道學仙，遍訪時賢縱酒賦詩，結交文友。其狂放的個性和天賦的詩才聞名遐邇。賀知章見到他的《蜀道難》詩，稱之為「謫仙人」。天寶元年（七四二），李白應詔入京，供奉翰林，受到唐玄宗特殊的禮遇。但玄宗只是把他當作一個清客。天寶三年（七四四）春天，後因遭權貴讒毀，被玄宗「賜金放還」。安史之亂中，李白隱臥廬山，永王李璘東巡，召至幕中。至德二年（七五七），李璘謀亂兵敗，李白受牽連，被流放夜郎（今貴州桐梓），途中遇赦而回。寶應元年（七六二），在其族叔當塗令李陽冰處病逝。

李白是個天才的詩人，世稱「詩仙」，與杜甫並稱「李杜」。杜甫稱讚他「白也詩無敵，飄然思不羣」（《春日憶李白》）、「筆落驚風雨、詩成泣鬼神」（《寄李十二白二十韻》）。

李白詩以樂府、絕句最為傑出。明胡震亨說：「太白於樂府最深，古題無一弗擬，或用其本意，或翻案另出新意，合而若離，離而實合，曲盡擬古之妙。」（《唐音癸籤》）明陸時雍稱其「殆天授，非人力也」（《詩境總論》）。明李攀龍稱李白的絕句「實唐三百年一人」（明王世貞《藝苑卮言》）。明胡應麟則以為他「絕句超然自得，冠古絕今」（《詩藪》）。這是因為在諸體詩中，樂府歌行與絕句較少拘束，最適合李白展示其豪邁縱逸的天才。今有《李太白全集》行世，《全唐詩》編其詩二十五卷。

下終南山過斛（hú）斯山人宿置酒[1]

暮從碧山下，山月隨人歸。卻顧所來徑[2]，蒼蒼橫翠微[3]。相攜及田家[4]，童稚開荊扉[5]。綠竹入幽徑，青蘿拂行衣。歡言得所憩，美酒聊共揮[6]。長歌吟松風[7]，曲盡河星稀[8]。我醉君復樂，陶然共忘機[9]。

注釋

1 終南山：為秦嶺的主峯之一，在今陝西西安市南，是著名的隱居地。過：拜訪。斛斯山人：斛斯為北方複姓，山人即山中隱者。2 卻顧：回頭望。3 翠微：青翠掩映之山色。4及：至，到。田家：農家。此指斛斯山人之家。5荊扉：用小樹枝編成的院門，指柴門。6揮：指舉杯暢飲。7松風：指古樂府琴曲《風入松》，亦有歌聲與松交相應和之意。8河星稀：銀河中星光稀微，意謂夜深。9忘機：忘卻世俗機巧之心。

月下獨酌[1]

花間一壺酒，獨酌無相親。舉杯邀明月，對影成三人[2]。月既不解飲[3]，影徒隨我身。暫伴月將影[4]，行樂須及春。我歌月徘徊，我舞影凌亂。醒時同交歡，醉後各分散。永結無情遊[5]，相期邈（miǎo）雲漢[6]。

注釋

1原詩有四首，此為第一首。2三人：指李白自己、月亮和影子。3不解：不會，不懂。4將：與、和。5無情：忘情，忘卻世情。6相期：相約。邈：高遠。雲漢：銀河。此指天上的仙境。

杜甫

杜甫（七一二—七七〇），字子美。原籍襄陽（今湖北襄陽），世居鞏縣（今河南鞏義）。開元二十三年（七三五）杜甫舉進士落第後，「壯遊」於梁宋、齊魯間達十餘年。安史之亂時，杜甫被困長安，至德二年（七五七）赴鳳翔朝見肅宗，拜左拾遺。後流寓劍南，曾在嚴武幕下擔任節度參謀、檢校工部員外郎。後世因稱「杜工部」。大曆五年（七七〇）病死於湘中。

杜甫世稱「詩聖」，其詩全面反映出唐代社會的變化，因此得到「詩史」的稱譽。杜甫詩作各體皆工，尤長於五、七律與長篇五古和七言歌行，並具有「沉鬱頓挫」的獨特風格。胡應麟認為杜詩「精粗、巨細、巧拙、新陳、淺深、濃淡、肥瘦靡不畢具，參其格調，實與盛唐大別。其能薈萃前人在此，濫觴後世亦在此。且言理近經，敍事兼史，尤詩家絕睹」。（《詩藪》）他的詩作結合了博大精深的思想、真摯深切的感情，在傷時憫亂的作品中，處處流露出忠君愛國的情操。今有《杜工部集》二十卷、《補遺》一卷行世，《全唐詩》編其詩十九卷。

望嶽[1]

岱宗夫如何[2]，齊魯青未了[3]。造化鍾神秀[4]，陰陽割昏曉[5]。蕩胸生曾雲[6]，決眥（zì）入歸鳥[7]。會當凌絕頂[8]，一覽眾山小[9]。

注釋

1 嶽：指東嶽泰山。2 岱宗：即泰山。3 齊魯：春秋時國名，齊在泰山之北，魯在泰山之南。未了：不盡，無窮無盡。4 造化：天地，大自然。鍾：凝聚。5 陰：山北為陰。陽：山南為陽。割：分割。昏曉：山後為陰，因日光不到，所以易昏；山前為陽，日光先臨，所以易曉。6 蕩胸：胸襟浩蕩。曾，通「層」。7 決眥：決，裂開。眥，眼眶。極目遠望。8 會當：終將，定要。凌，登臨。絕頂，即泰山的最高峯。9「一覽」句：取《孟子．盡心上》孔子「登泰山小天下」之意。

贈衛八處士[1]

人生不相見，動如參（shēn）與商[2]。今夕復何夕[3]，共此燈燭光。少壯能幾時，鬢髮各已蒼。訪舊半為鬼[4]，驚呼熱中腸[5]。焉知二十載，重上君子堂[6]。昔別君未婚，兒女忽成行。怡然敬父執[7]，問我來何方。問答未及已，驅兒羅酒漿。夜雨剪春韭，新炊間（jiàn）黃粱[8]。主稱會面難，一舉累十觴。十觴亦不醉，感子故意長[9]。明日隔山嶽，世事兩茫茫。

注釋

1 衛八處士：姓衛，排行第八，名不詳。處士，隱士。2 動：動輒。參與商：二星宿名。參星居西方，商星居東方，一星升起，一星落下，永不相見。3「今夕」句：語出《詩經．唐風．綢繆》：「今夕何夕，見此良人。」用上句，隱含下句意。4 訪：打聽，探訪。半為鬼：多半人已死去。5 熱中腸：內心激動。6 君子：指衛八處士。7 父執：父親的好友。8 間：摻和。黃粱：黃小米。9 子：指衛八處士。故意：故交老友的情意。

佳人

絕代有佳人，幽居在空谷[1]。自云良家子[2]，零落依草木[3]。關中昔喪亂，兄弟遭殺戮。官高何足論，不得收骨肉[4]。世情惡衰歇[5]，萬事隨轉燭[6]。夫婿輕薄兒，新人美如玉。合昏尚知時[7]，鴛鴦不獨宿。但見新人笑，那聞舊人哭。在山泉水清，出山泉水濁。[8]侍婢賣珠迴，牽蘿補茅屋。摘花不插髮，採柏動盈掬[9]。天寒翠袖薄，日暮倚修竹。

注釋

1 絕代：當代絕無僅有。2 良家子：有社會地位人家的子弟。3 零落：身世飄零。依草木：流落村野之中。4 收骨肉：指收葬兄弟的屍骨。5 惡衰歇：看不起衰敗失勢的人家。6 轉燭：世事多變無常如風中燭光飄搖不定。7 合昏：即合歡，又稱夜合花，其花朝開夜合。8「在山」二句：比喻佳人因守貞為清，反之改節則為濁。9 柏：柏樹為常綠不凋之木，此處比喻佳人堅貞不變之心。盈掬：滿把。

夢李白　二首

其一

死別已吞聲，生別常惻惻。[1]江南瘴癘地[2]，逐客無消息[3]。故人入我夢，明我長相憶[4]。君今在羅網[5]，何以有羽翼？恐非平生魂，路遠不可測。[6]魂來楓林青[7]，魂返關塞黑[8]。落月滿屋樑，猶疑照顏色[9]。水深波浪闊，無使蛟龍得。[10]

注釋

1「死別」二句：實寫生離死別之痛。吞聲，泣不成聲。惻惻，內心悲悽。2瘴癘地：因南方濕熱蒸鬱，舊時認為是易於致病之地。3逐客：被流放的人，與下句的「故人」皆指李白。4明：知曉。5在羅網：比喻李白獲罪流放，如鳥在羅網之中。6「路遠」句：意謂擔心李白在途中遭遇不測。7楓林：指李白所在的南方地區。8關塞：指杜甫所在的秦隴地區。9猶疑：隱約。顏色：指李白之面容。10「水深」二句：叮嚀李白魂歸之時，道路艱險，萬分小心，亦是暗示社會險惡，小心再遭人陷害。

其二

浮雲終日行，遊子久不至。[1]三夜頻夢君，情親見君意。告歸常局促[2]，苦道來不易[3]。江湖多風波，舟楫恐失墜[4]。出門搔白首，若負平生志。冠蓋滿京華[5]，斯人獨憔悴[6]。孰云網恢恢，將老身反累。[7]千秋萬歲名，寂寞身後事。[8]

注釋

1「浮雲」二句：取《古詩》「浮雲蔽白日，遊子不顧反」詩意。遊子，在此指李白。2告歸：告辭。局促：在此指匆促。3苦道：反覆地訴說。4楫：船槳，此指船。5冠蓋：冠冕與車蓋，在此指達官貴人。6斯人：此人，指李白。7「孰云」二句：誰說天道公正，名滿天下的李白到老了還被不幸牽累。恢恢，寬廣貌。8「千秋」二句：李白之名能千古流傳，卻無補於死後寂寞之悲。

賞析與點評

李杜二人的友情是唐詩史上的佳話，杜甫因牽掛流放夜郎的李白，憂思於心，久而成夢，這兩首詩為夢醒後所作。杜甫在詩中，以夢見故友前的悽惻起筆，最後以夢醒後的感概作結，可謂極沉鬱悲痛之致。真朋友必無假性情，唯有至情至性的杜甫方能作出如此纏綿切至的詩句，也只有高才任性的李白才可當起如此的情誼與慨歎。而想及杜甫此時亦正深受流離失所、三餐不繼之苦，更令人為他對朋友的摯情而感動。

王維

王維（七〇一——七六一），字摩詰，祖籍太原祁縣（今屬山西晉中市）人，後遷居蒲州河東（今山西永濟）。開元九年（七二一）進士，累官至給事中。安史之亂後，因曾任偽職而被貶官，但不久復為太子左庶子，上元元年（七六〇）為尚書右丞，世稱「王右丞」。

王維多才多藝，詩文、書畫、音樂無不精通，這使他的詩作既富音律之韻，又多繪畫之美。宋蘇軾評曰：「味摩詰之詩，詩中有畫；觀摩詰之畫，畫中有詩。」（《書摩詰藍田煙雨圖》）王維又篤志奉佛，晚年在退朝之餘，焚香默坐，以誦禪為事，因而他的詩作極富禪趣，尤其是其山水田園詩。王維詩兼眾體，尤擅長五言律絕，與孟浩然齊名，被視作盛唐山水田園詩派的代表，世稱「王孟」。王維死後，代宗命人輯其遺文，編成《王維集》十卷，另請趙殿成撰有《王右丞集箋注》。《全唐詩》編其詩四卷。

送綦（qí）毋潛落第還鄉[1]

聖代無隱者[2]，英靈盡來歸[3]。遂令東山客，不得顧採薇。[4]既至君門遠[5]，孰云吾道非[6]？江淮度寒食，京洛縫春衣。[7]置酒臨長道，同心與我違[8]。行當浮桂棹（zhào），未幾拂荊扉。[9]遠樹帶行客，孤城當落暉。吾謀適不用，勿謂知音稀。[10]

注釋

1 綦毋潛：字孝通，盛唐詩人。落第：應試不中。2 聖代：當代的美稱。3 英靈：傑出的人才。4「遂令」二句：意謂隱士們都不再隱居。東山客，指隱士。東晉時謝安曾隱居會稽東山。採薇，代指隱居。5 君門遠：此喻落第。君門，謂王宮之門。6 吾道非：化用《史記．孔子世家》，孔子出遊，被困於陳蔡之間，對弟子說：「吾道非耶？吾何為至此？」子貢答：「夫子之道至大也，故天下莫能容夫子。」此句是對綦毋潛的安慰。7「江淮」二句：指綦毋潛由京返鄉的途中，在江淮正是寒食節，因滯留京洛而到了縫製春衣時期。江淮，長江、淮水。這是綦毋潛回鄉必經水路。寒食，節名，古時以清明前一日或二日為寒食節，當日不得舉火。京洛，洛陽。8 同心：猶言知己。違：分離，分別。9 行當：即將，將要。浮桂棹：指乘船。桂棹，指用桂木做的船槳，後泛指船。「未幾」一句：意謂不久就可回到家園。荊扉，即柴門。10「吾謀」二句：安慰綦毋潛，偶然失利不必掛心，來日方長，還是有人會賞識你的才華的。

青溪[1]

言入黃花川[2]，每逐青溪水[3]。隨山將萬轉，趣（qū）途無百里[4]。聲喧亂石中，色靜深松裏。漾漾泛菱荇（xìng）[5]，澄澄映葭葦[6]。我心素已閒，清川澹如此。請留盤石上，垂釣將已矣。

注釋

1 青溪：地名，在今陝西省沔縣東。2 言：發語詞。黃花川：在今陝西省鳳縣。3 逐：沿着。4 趣途：指走過的路程。趣，通「趨」。5 漾漾：水波流動的樣子。菱荇：泛指水草。6 葭葦：蘆葦。初生時稱葭，生成後稱葦。

賞析與點評

此詩寫隨山泛水的舟行景色，「聲喧亂石中，色靜深松裏」有聲有色，「喧」、「靜」二字用得極其深妙，是詩境亦是畫境。「我心素已閒，清川澹如此」，以青溪的深峭靈潔，印證自己內心的安適能閒，是詩境亦是心境，表達其歸隱終老之意。

渭川田家[1]

斜光照墟落[2]，窮巷牛羊歸[3]。野老念牧童，倚杖候荊扉[4]。雉雊（zhì gòu）麥苗秀[5]，蠶眠桑葉稀[6]。田夫荷（hè）鋤至[7]，相見語依依。即此羨閒逸，[8]悵然吟式微[9]。

注釋

1 渭川：渭水。2 墟落：村莊。3 窮巷：深巷。4 荊扉：柴門。5 雉：野雞。雊：野雞鳴叫之聲。6 蠶眠：蠶成長時，在蛻皮前，不食不動，似睡眠樣，稱「蠶眠」。7 荷：扛着。8「即此」句：見到這樣的農家情景，欣羨閒散安逸的生活。9 悵然：失意的樣子。式微：化用《詩經．邶風．式微》篇，有「式微，式微，胡不歸」句。王維取其思歸之意，表達去官歸隱田園的願望。

西施詠[1]

豔色天下重，西施寧久微[2]。朝為越溪女[3]，暮作吳宮妃。賤日豈殊眾[4]，貴來方悟稀。邀人傅脂粉[5]，不自着羅衣[6]。君寵益驕態，君憐無是非[7]。當時浣紗伴，莫得同車歸。持謝鄰家子[8]，效顰（pín）安可希[9]。

注釋

1 西施：春秋時越國美女。2 寧：豈。微：卑賤。3 越溪：指若耶溪，在今浙江紹興市東南，傳說西施曾在此浣紗。4 殊眾：與眾不同。5 邀：吩咐。傅：通「敷」，即搽抹之意。6 着：穿。7 憐：愛。無是非：不辨是與非，即言聽計從之意。8 持謝：奉告。鄰家子：指傳說中西施的鄰居東施。9 效顰：此典出《莊子．天運》。相傳西施因病捧心皺眉，鄰里中有醜女見而為美，也學着捧心皺眉，結果把人都嚇跑了。顰，皺眉。安可希：意思是怎能期望得到別人的賞識呢？

賞析與點評

王維藉詠西施，感慨世情無常。詩人認為西施有難以自棄的麗質，再加上得到不可希求的機遇，方能飛上枝頭，身價百倍。而如東施之類的庸脂俗粉妄想仿效其美態，只是自曝其短。但是，縱然如西施之美，也是「貴來方悟稀」，因此除了質本自美，更需有一定的機遇。

孟浩然

孟浩然（六八九—七四〇），襄州襄陽（今湖北襄陽）人。早年隱居鹿門山，開元間入長安，應試不第。開元二十五年（七三七）入荊州長史張九齡幕為從事，次年歸里。二十八年（七四〇）因疽病復發而死，終身不仕。擅五言詩，尤工五律，創作大量的山水詩，意境清逸，富有生活情趣，其詩「秀雅不及王（維），而閒澹頗自成局」（明胡震亨撰《唐音癸籤》引），在盛唐詩壇別具一格。今有《孟浩然詩集》三卷傳世，《全唐詩》編其詩二卷。

秋登萬山寄張五[1]

北山白雲裏，隱者自怡悅。[2]相望試登高，心隨雁飛滅。愁因薄暮起，興是清秋發。時見歸村人，沙行渡頭歇。天邊樹若薺（jì），江畔洲如月。何當載酒來，共醉重陽節[3]。

注釋

1此詩描寫清秋登高憶友的情景。萬山：一名漢皋山，在今湖北襄陽，一作「蘭山」，疑「蘭」為「萬」字之誤。張五：當是張諲，永嘉人，官至刑部員外郎，長於書畫，與王維、李頎相善。2「北山」二句：化用晉陶弘景《詔問山中何所有賦詩以答》「山中何所有，嶺上多白雲。只可自怡悅，不堪持贈君」詩意。北山，即上文所提「萬山」。因山在襄陽北，故稱北山。隱者，孟浩然自稱。3重陽節：陰曆九月九日為重陽節，古時有登高、賞菊、飲酒等習俗。

夏日南亭懷辛大[1]

山光忽西落，池月漸東上。散髮乘夕涼[2]，開軒臥閒敞[3]。荷風送香氣，竹露滴清響。欲取鳴琴彈，恨無知音賞。感此懷故人，中宵勞夢想[4]。

注釋

1 辛大：孟浩然的同鄉故友，疑是辛諤。2 散髮：披散開頭髮。古人平日都束髮於頂，散髮表示閒適、瀟灑。3 軒：窗。閒敞：幽靜寬敞的地方。4 中宵：半夜。

宿業師山房待丁大不至[1]

夕陽度西嶺，羣壑倏（shū）已瞑[2]。松月生夜涼，風泉滿清聽。樵人歸欲盡，煙鳥棲初定[3]。之子期宿來[4]，孤琴候蘿徑[5]。

注釋

1 業師：名字叫業的僧人。山房：山中的屋舍，此指僧房。丁大：即丁鳳，排行老大，開元間鄉貢進士。2 壑：山谷。倏：忽然。暝：昏暗。3 煙鳥：如煙暮靄中的飛鳥。4 之子：此人。期：約定。5 蘿徑：長滿懸垂植物的小路。

王昌齡

王昌齡（約六九四—約七五七），字少伯，京兆萬年（今陝西西安）人。開元十五年（七二七）進士，授秘書省校書郎。後曾先後被貶為江寧尉和龍標尉，故世稱「王江寧」或「王龍標」。安史之亂中，為亳州刺史閭丘曉所殺。王昌齡長於七絕，其詩構思精巧，語言凝練，能以短小篇幅反映豐富的社會內容。沈德潛形容王昌齡絕句「深情幽怨，意旨微茫，令人測之無端，玩之不盡，謂之唐人《騷》語可」（《唐詩別裁集》）。今《全唐詩》編其詩四卷。

同從弟南齋玩月憶山陰崔少府[1]

高卧南齋時，開帷月初吐[2]。清輝澹水木，演漾在窗戶[3]。苒苒幾盈虛[4]？澄澄變今古。美人清江畔[5]，是夜越吟苦[6]。千里其如何？微風吹蘭杜。[7]

注釋

1《全唐詩》「弟」下有「銷」字。從弟：堂弟，指王銷，生平不詳。山陰：地名，在今浙江紹興市。崔少府：即崔國輔，清河人，唐時著名詩人，開元中任山陰縣尉（唐時稱縣尉為少府）。2 帷：簾幕。月初吐：指月亮初升。3 演漾：形容月色溶溶如水波蕩漾。4 苒苒：漸漸地，指時間之推移。5 美人：指思念之人，即崔少府。6 越吟：據《史記．張儀列傳》記載，越人莊舄在楚國任職，以吟越歌來寄託鄉思。後用以比喻思鄉之情。7「微風」句：崔少府的節操美名如蘭草似杜若，清香隨微風遠播。

賞析與點評

此詩描寫詩人由賞月而思慕友人，看到窗月的盈虧有定，而興人生聚散、世事變遷無常之感。詩人化用謝莊《月賦》：「美人邁兮音塵絕，隔千里兮共明月」之詩意，並以蘭杜之美頌揚友人高潔的節操，亦象徵兩人芳潔恆長的君子之交。

丘為

丘為（約七〇三—約七九八），嘉興（今屬浙江）人。累試不第，歸山讀書數年。天寶二年（七四三）進士及第。累官太子右庶子，以左散騎常侍致仕，九十六歲卒。丘為與王維、劉長卿友善，時相唱和。詩多寫山林隱逸和田園生活，明唐汝詢評他的詩「未免染吳音，然亦清倩不凡」（《唐詩解》）。《全唐詩》存其詩十三首。

尋西山隱者不遇

絕頂一茅茨（cí）[1]，直上三十里。扣關無僮僕[2]，窺室惟案几。若非巾柴車[3]，應是釣秋水[4]。差（cī）池不相見[5]，黽勉（mǐn miǎn）空仰止[6]。草色新雨中，

松聲晚窗裏。及茲契幽絕，自足蕩心耳。雖無賓主意，頗得清淨理。興盡方下山，何必待之子[7]。

注釋

1 **茅茨**：草屋。2 **扣關**：同「叩關」，敲門。3 **巾柴車**：指乘柴車出遊。巾，作動詞，蓋上了帷幔。柴車，構造簡陋的車子，指隱士用的車。4 **釣秋水**：在秋水中垂釣。《莊子．秋水》載莊子釣於濮水，不接受楚國官職事，後指隱居。5 **差池**：原為參差不齊，此指此來彼往，交叉而過不能相見之意。6 **黽勉**：原為努力、勉力之意，此指殷切。仰止：敬慕、仰望。止，語助詞。7 **之子**：此人。指西山隱者。

賞析與點評

詩人攀山訪友不遇，但並未敗興而歸，其中雖曾有失之交臂，空自仰止的惆悵，但在與自然對話中，詩人證悟了純任自然的玄理，最後「興盡方下山」，「下山」與「直上」前後照應成章法。全詩散淡素樸，有「乘興而來，興盡而返」的魏晉名士風趣。

綦毋潛

綦（qí）毋潛（生卒年不詳），字孝通，虔州南康（今江西南康市）人。開元十四年（七二六）進士及第，曾任右拾遺，終著作郎。天寶末年歸隱。綦毋潛與張九齡、孟浩然、儲光羲、高適、盧象等友善，與李頎、王維唱和詩尤多。唐殷璠評他的詩「屹峭足佳句，善寫方外之情」（《河嶽英靈集》）。《全唐詩》收其詩一卷。

春泛若耶溪[1]

幽意無斷絕，[2]此去隨所偶[3]。晚風吹行舟，花路入溪口。際夜轉西壑[4]，隔山望南斗[5]。潭煙飛溶溶[6]，林月低向後。生事且彌漫[7]，願為持竿叟[8]。

注釋

1 **若耶溪**：即越溪，在今浙江紹興市東南若耶山下，相傳為越國美女西施浣紗處，故又名浣紗溪。2 **「幽意」句**：指詩人隱居之念一直未曾中斷。3 **隨所偶**：即隨遇而安。偶，相遇。4 **際夜**：至夜，到了夜晚。5 **南斗**：即天上的星座名，因在北斗之南，故稱。6 **溶溶**：形容暮靄迷濛。7 **生事**：指人生百事。**彌漫**：引申為渺茫混沌之意。8 **持竿叟**：即漁翁。

賞析與點評

詩人春夜泛舟若耶溪，因觀賞如畫夜景而萌發人生渺茫之感，寫下由春晚到夜深之景致，黃昏晚風徐來，春花漫岸，泛舟溪上；午夜舟行轉於溪壑之中，星小山高；夜深潭水如煙，月低西沉於舟後。昏暮的清麗，午夜的深峻，深夜的清遠，景物色調歷時而變，寫景自然流轉，結構安排匠心獨具。

常建

常建（生卒年不詳），開元十五年（七二七）進士及第，曾任盱眙尉。常建之詩在當時極受推重。殷璠評論說：「其旨遠，其興僻，佳句輒來，惟論意表。」（《河嶽英靈集》）其詩多寫山水田園，靈慧雅秀、輕雋幽玄。有《常建詩集》一卷，《全唐詩》錄其詩一卷。

宿王昌齡隱居[1]

清谿深不測，隱處惟孤雲[2]。松際露微月，清光猶為君。茅亭宿花影，藥院滋苔紋[3]。余亦謝時去[4]，西山鸞鶴羣[5]。

注釋

1 王昌齡：字少伯，盛唐著名詩人，與常建是同榜進士。2 隱處：隱居之處。3 藥院：種着芍藥的庭院。滋：滋生，繁衍。4 謝時：辭去世俗之累，猶言避世。5 鸞鶴羣：與鸞鶴為伍，指隱居。

賞析與點評

詩人與王昌齡本為同年進士，但兩人仕途境遇不同，詩人此夜藉宿文友入仕前隱居之所，即景生情，寫下此詩。隱所中茅亭花影如眠，藥院青苔潛生，夜景清幽無比，教詩人不禁興起退隱而居之念，而「清光猶為君」、「余亦謝時去」欲招好友同隱之念意在言外。詩作筆觸凝練簡潔，意境清寂幽邃，為詩人之代表作。

岑參

岑參（七一七—七七〇），祖籍南陽（今屬河南），後徙居荊州江陵（今屬湖北）。天寶三年（七四四）進士。官至嘉州刺史終，世稱「岑嘉州」。岑參「累佐戎幕，往來鞍馬烽塵間十餘載，極征行離別之情」（辛文房《唐才子傳》），創作了許多描繪邊塞風光、生活的詩作，與高適並稱盛唐邊塞詩派的代表，世稱「高岑」。奇峭蒼峻是岑詩的特點，他最擅長五古、七古，胡應麟稱讚其五古「清新奇逸，大是俊才」（《詩藪》），施補華稱其七古「勁骨奇翼，如霜天一鶚，故施之邊塞最宜」（《峴傭說詩》）。有《岑嘉州集》七卷行世，《全唐詩》編其詩四卷。

與高適薛據登慈恩寺浮圖[1]

塔勢如湧出[2]，孤高聳天宮。登臨出世界[3]，蹬道盤虛空[4]。突兀壓神州[5]，崢嶸如鬼工[6]。四角礙白日[7]，七層摩蒼穹。下窺指高鳥，俯聽聞驚風。連山若波濤，奔湊似朝東。青槐夾馳道[8]，宮館何玲瓏[9]。秋色從西來，蒼然滿關中。五陵北原上[10]，萬古青濛濛。淨理了可悟[11]，勝因夙所宗[12]。誓將掛冠去[13]，覺道資無窮。[14]

注釋

1 高適：字達夫，一字仲武，渤海蓨（tiáo）（今河北景縣）人，唐詩人。薛據：河東寶鼎人，開元進士，終水部郎中，晚年終老於終南山別業。慈恩寺浮圖：即今陝西西安大雁塔，為唐高宗永徽三年（六五二）唐僧玄奘所建。慈恩寺，在今西安市，是唐高宗做太子時，在貞觀二十年（六四六）為其母文德皇后建造的，故以慈恩為名。浮圖，梵語「佛陀」的音譯，此指佛塔。2 湧出：語本《法華經·見寶塔品》：「佛前有七寶塔，……從地湧出，住在空中。」此處意謂塔突起於平地。3 出世界：走出塵世。世界，佛語，世指時間，界指空間，連用指宇宙。4 蹬道：梯級，指塔內梯級石道。5 突兀：高聳的樣子。神州：指中國。亦可指神仙活動的地方。6 崢嶸：高峻的樣子。**如鬼工**：意謂非人力所能為。7 **礙**：遮擋。8 **馳道**：指皇帝車駕專用的御道。9 **宮館**：泛指皇帝的宮殿與王公貴族的宅第。10 **五陵北原**：指漢代五個皇帝的陵墓，即高祖長陵、惠帝安陵、景帝陽陵、武帝茂陵、昭帝平陵。皆在長安北面，此指長安附近地帶。11 **淨理**：佛家清淨的佛理。**了**：明白。12 **勝因**：佛語，指善因善緣。**夙**：平素，向來。**宗**：信奉。13 **掛冠**：辭官。14 「**覺道**」句：此句是說，佛理中的善根功德對人的幫助是無窮盡的。

賞析與點評

岑參於天寶十一年（七五二）秋，與高適、薛據、杜甫、儲光羲等人同登慈恩寺塔。五人都有詩記其事，現惟薛詩佚失。詩人極寫佛塔之高與登覽之後所見勝景，其中以「秋色」四句寫盡登高遠眺空遠之景，雄渾奇偉最為人所稱道。而「淨理」以下四句，寫因登覽而頓悟禪理，甚至想掛冠而去，應是詩人由景入理，登佛塔詩遂以佛理出，未必真有皈依之心。

元結

元結（七一九—七七二），字次山，自號元子、猗玕子、漫郎、聱叟等。汝州魯山（今河南魯山）人。天寶十三年（七五四）舉進士。安史之亂中，任山南東道節度參謀，擊討史思明。唐代宗時，兩度出任道州刺史，頗有政聲。大曆七年（七七二）病死於旅舍。

元結是盛唐著名的文學家。他的文章「筆力雄健，意氣超拔」（歐陽修《集古錄跋尾》），為古文運動之先驅。他的詩歌自創一格，「欲質不欲野，欲樸不欲陋，欲拙不欲固」（湛若水《元次山集序》），所作《憫農詩》、《舂陵行》、《賊退示官事》等詩，以憂道憫世之思，「質實無華，最為淳古」（許學夷《詩源辨體》），開中唐元、白詩風。元結著述頗富，惜散佚亦多。後人輯有《元次山文集》十卷，《全唐詩》編其詩二卷。

賊退示官事[1] 並序

癸卯歲，西原賊入道州[2]，焚燒殺掠，幾盡而去。明年，賊又攻永破邵[3]，不犯此州邊鄙而退[4]。豈力能制敵歟？蓋蒙其傷憐而已。諸使何為忍苦徵斂[5]？故作詩一篇，以示官吏。

昔年逢太平，山林二十年。泉源在庭戶，洞壑當門前。井稅有常期[6]，日晏猶得眠。[7]忽然遭世變[8]，數歲親戎旃（zhān）[9]。今來典斯郡[10]，山夷又紛然[11]。城小賊不屠，人貧傷可憐。是以陷鄰境，此州獨見全[12]。使臣將王命[13]，豈不如賊焉？今被徵斂者，迫之如火煎。誰能絕人命，以作時世賢？[14]思欲委符節[15]，引竿自刺船[16]。將家就魚麥[17]，歸老江湖邊。

注釋

1 賊：指被稱為「西原蠻」的少數民族入擾者。2 西原：指今廣西西原地區。道州：在今湖南道縣。3 永：永州，在今湖南零陵縣。邵：邵州，在今湖南邵陽市。4 邊鄙：邊境。5 何為：為甚麼。6 井稅：指田賦。常期：一定的日期。7「日晏」句：指社會安定，治安良好。8 世變：指安史之亂以來的戰亂。9 親戎旃：指親自參與戰事。元結於乾元二年（七五九）任山南東道節度參謀，參加對叛軍作戰。戎旃，軍中營帳。10 典斯郡：指任道州刺史。典，治理。11 山夷：山居的少數民族，即「西原蠻」。12 見全：指道州未受侵犯，得以保全。13 使臣：指朝廷派來催徵的官吏。將：奉。14「誰能」二句：誰能逼迫百姓，斷絕他們的生路，以求得成為時人稱道的的賢臣呢？15 委符節：即棄官。委，棄。符節，古代將官受任時的憑證，是用玉、金屬和竹等做成的，在上面刻上字從中分之，各取一半，有事時則相合以為信。16 刺船：撐船。17 將家：攜帶着全家。就魚麥：過漁耕生活，意謂隱居鄉間。

賞析與點評

唐代宗廣德元年（七六三）癸卯年十二月，「西原蠻」攻陷道州。次年五月，元結任道州刺史。七月，「西原蠻」又攻破永州，但沒有犯道州。朝廷派來的催徵官吏卻又來橫徵暴斂，元結感慨百姓貧困，不願同流合污，故賦詩明志。詩中以盛世襯亂世，以盜賊襯「時世賢」，似直而屈，婉而多諷，但樸質平實，因詩人不忍生民受苦，從仁心而發，沒有矯飾作態之處。

韋應物

韋應物（約七三七—約七九二），京兆萬年（今陝西西安）人。天寶年間為玄宗侍衛，後入太學讀書，歷任洛陽丞、江州刺史、左司郎中、蘇州刺史等職，故世稱「韋江州」、「韋左司」或「韋蘇州」。任滿罷官，後居蘇州，貞元八年前後，卒於蘇州。

韋詩以山水田園詩為多，藝術風格高雅閒淡、清麗自然。諸體皆工，而以五言古體為最出色，今存《韋應物集》十卷，《全唐詩》編其詩十卷。

郡齋雨中與諸文士燕集[1]

兵衛森畫戟[2]，宴寢凝清香[3]。海上風雨至，逍遙池閣涼。煩痾近消散[4]，嘉賓復滿堂。自慚居處崇[5]，未覩斯民康[6]。理會是非遣，性達形跡忘。[7]鮮肥屬時禁[8]，蔬果幸見嘗。俯飲一杯酒，仰聆金玉章[9]。神歡體自輕，意欲凌風翔。吳中盛文史[10]，羣彥今汪洋。方知大藩地，豈曰財賦強。[11]

注釋

1 郡齋：指官署中的房舍。燕集：飲酒聚會。2 森：眾多，密集。畫戟：有刻飾的古兵器。此指官署中的儀仗。3 宴寢：指州刺史公餘休息之室。凝清香：指所焚之香在屋裏繚繞。4 煩疴：即煩悶。5 居處崇：地位高。6 斯民：百姓。康：安樂。7「理會」二句：意謂領悟事物的情理就能排遣是非，性情曠達就能不拘世俗。8 鮮肥：此指葷腥之食物。時禁：古代正月、五月、九月禁止殺生，稱為時禁。此詩中宴會正當五月時禁，不能食葷，只能吃素。9 金玉章：指諸文人的篇章。10 吳中：蘇州的古稱，此指蘇州地區。盛文史：文史之學昌盛。11「方知」二句：方才知道蘇州之所以被稱為大郡，不僅僅是因為物產賦稅收入比別的郡強，而且人文薈萃，學術昌明。

初發揚子寄元大校書[1]

淒淒去親愛[2]，泛泛入煙霧。歸棹洛陽人[3]，殘鐘廣陵樹[4]。今朝此為別，何處還相遇？世事波上舟，沿洄安得住[5]。

注釋

1 初發：啟程。揚子：渡口名，在今江蘇江都縣南。元大：其人未詳。校書：官名，校書郎的省稱。2 去：離別。親愛：指好友。3 洛陽人：去洛陽之人，即韋應物自稱。4 廣陵：即今江蘇揚州市。5 沿：順流。洄：逆流。

寄全椒山中道士[1]

今朝郡齋冷[2]，忽念山中客。澗底束荊薪，歸來煮白石[3]。欲持一瓢酒，遠慰風雨夕。落葉滿空山，何處尋行跡。

注釋

1 全椒：今安徽省全椒縣，唐時屬滁州。山：指全椒縣西三十里的神山。2 郡齋：指官署中的房舍。3 白石：典出葛洪《神仙傳》：「白石先生者，中黃大人弟子也。……

不肯修升天之道，但取不死而已，不失人間之樂。……常煮白石為糧，因就白石山居，時人故號曰『白石先生』。」此借喻全椒山中道士。

長安遇馮著[1]

客從東方來，衣上灞陵雨[2]。問客何為來？採山因買斧。[3]冥冥花正開，颺颺燕新乳[4]。昨別今已春，鬢絲生幾縷？

注釋

1 馮著：河間（今河北河間）人，曾任洛陽尉、左補闕，與韋應物友善，多有唱酬。2 灞陵：即霸陵，在今西安市東，因漢文帝陵墓而得名。3「採山」句：隱喻馮著樵隱山林。4 颺颺：形容飛翔。燕新乳：燕初哺化出生。

夕次盱眙（xū yí）縣[1]

落帆逗淮鎮[2]，停舫臨孤驛。浩浩風起波，冥冥日沉夕。人歸山郭暗，雁下蘆

洲白。獨夜憶秦關[3]，聽鐘未眠客。

注釋 1次：止宿。盱眙：即今江蘇省盱眙縣，唐時屬淮南道楚州。2逗：停留。淮鎮：即盱眙城，在淮河南岸。3秦關：此指長安。

東郊

吏舍跼（jú）終年[1]，出郊曠清曙。楊柳散和風，清山澹吾慮。依叢適自憩，緣澗還復去。微雨靄芳原，春鳩鳴何處。樂幽心屢止，遵事跡猶遽。[2]終罷斯結廬，慕陶直可庶[3]。

注釋 1跼：拘束。2「樂幽」二句：喜歡此地的清幽，卻因為公事在身，總是來去匆匆。3慕陶：追慕陶淵明之志，指歸隱田園。庶：庶幾，企望。

送楊氏女[1]

永日方慼慼[2]，出行復悠悠[3]。女子今有行，[4]大江泝輕舟[5]。爾輩苦無恃[6]，撫念益慈柔。幼為長所育，[7]兩別泣不休。對此結中腸，義往難復留[8]。自小闕內訓[9]，事姑貽我憂[10]。賴茲託令門[11]，仁卹庶無尤[12]。貧儉誠所尚，資從豈待周[13]。孝恭遵婦道，容止順其猷（yóu）[14]。別離在今晨，見爾當何秋？居閒始自遣，臨感忽難收。[15]歸來視幼女，零淚緣纓流[16]。

注釋

1 此詩是送女出嫁時的叮囑訓誡。楊氏女：指嫁到楊家的女兒，為韋應物之長女。2 永日：整天。慼慼：傷悲的樣子。3 悠悠：形容路途遙遠。4「女子」句：語本《詩經・邶風・泉水》：「女子有行，遠父母兄弟。」行，指出嫁。5 泝：逆水而行。6 爾輩：你們。指韋應物的孩子們。無恃：指母逝失去依靠。韋應物妻於大曆十二年（七七七）去世。7「幼為」句：此句下作者自注曰：「幼女為楊氏所撫育。」8 義往：指長女到了婚嫁年齡，應該出嫁。9 闕內訓：指自幼喪母，缺乏閨中婦德的教誨。10 事姑：侍奉婆婆。貽我憂：意謂我擔心她侍姑不周。貽，留。11 令門：有名望的好人家。12 仁卹：愛護、體恤。「仁」一作「任」。庶：大概可以。無尤：

沒有過失。13資從：嫁妝。周：完備。14容止：指儀容、行為舉止。猷：規矩。15臨感：臨別時的傷感。難收：不能控制。16纓：繫在下巴下的帽帶。

賞析與點評

這是一首送女兒遠嫁的送別詩。女兒出嫁，本是喜事，但詩人身為人父，心中終是不捨，更因妻子早逝，這個乖巧的大女兒從小就姐代母職，照顧撫育幼女，因此詩人心情更形複雜而沉重。留既不能，去又難以割捨，大江輕舟，離情依依；叮嚀誡訓，情真語摯。最後以幼女對長姐依依之情作結，言語質樸，卻深情地演繹了父女、姐妹間的天倫之情。

柳宗元

柳宗元（七七三—八一九），字子厚，祖籍河東（今山西永濟）人，故世稱「柳河東」。貞元九年（七九三）登進士第。永貞元年（八〇五）因參與王叔文革新，被貶為永州司馬。後召還京師，又出為柳州刺史，四年後卒於任上。

柳宗元是唐代古文大家，與韓愈同為古文運動的主將，世稱「韓柳」。他又工於詩，其詩「發纖穠於簡古，寄至味於澹泊」（蘇軾《書黃子思詩集後》），後人常把他與韋應物並稱為「韋柳」。今有《柳河東集》三十卷行世，《全唐詩》編其詩四卷。

晨詣（yì）超師院讀禪經[1]

汲井漱寒齒，清心拂塵服。[2]閒持貝葉書[3]，步出東齋讀。真源了無取[4]，妄跡世所逐[5]。遺言冀可冥，繕性何由熟？[6]道人庭宇靜[7]，苔色連深竹。日出霧露餘，青松如膏沐。[8]澹然離言說[9]，悟悅心自足[10]。

注釋

1 詣：到。超師：法名為超的僧人。2「汲井」二句：打井水漱口，拂淨塵衣，表示學佛虔誠。3 貝葉書：即佛經。因古印度僧人常用貝多羅樹葉寫經，故稱。4 真源：指佛家的真諦。5 妄跡：虛妄之事。6「遺言」二句：對佛經中的遺言，尚可參通而暗合，但不知道如何使本性修煉到精熟完滿的程度。7 道人：有道之人，此指超師。8「日出」二句：青松經雨露晨霧滋潤後，在陽光的照耀之下，像梳洗過一樣潤澤。膏，髮油。9 澹然：形容心境寧靜。離言說：難以用言語來表達。10 悟悅：悟道之樂。

賞析與點評

柳宗元早年即受佛經熏陶，中年謫貶永州後，更是好佛。歷經政治命運的巨變，詩人的思想十分苦悶，從佛經中尋找精神寄託，以佛療傷。此詩作於詩人永州司馬任上，詩中除了抒寫晨起讀經的情形，亦闡述了詩人對佛學經義的理解，以及「悟道」所帶來的快樂。

樂府　七首

樂府，最初指古代音樂官署。據《漢書・禮樂志》記載，漢武帝開始建立樂府，掌管朝會宴饗、道路遊行時所用的音樂，兼採集民間詩歌和樂曲。樂府作為一種詩體，最初就是指樂府官署所採集、創作的樂歌。後來魏晉至唐代可以入樂的詩歌和後人仿效樂府古題的作品也稱為「樂府詩」，簡稱「樂府」。宋元以後的詞、散曲和劇曲，因配合音樂，有時也稱樂府。因此，樂府詩是古體詩中依據其源流及與音樂的關係所劃分出的一種類別。其字數、句數和格律都沒有嚴格的要求。

五言古詩與五古樂府，雖然在發生學上別有系統，但二者在句式和字數上有類似之處，即都要求每句五個字，句數長短不拘。而按照樂府曲調來說，五古樂府既有沿用樂府舊題寫時事以抒發自己情感的，也有模仿民歌以寫男女戀情的，還有「悲如蛩」（姜夔《白石道人詩說》）的吟體。

王昌齡

塞上曲[1]

蟬鳴空桑林[2]，八月蕭關道[3]。出塞復入塞，處處黃蘆草。從來幽并（bīng）客[4]，皆向沙場老。莫學遊俠兒[5]，矜誇紫騮好[6]。

注釋

1 塞上曲：為唐新樂府辭，出自漢樂府《出塞》、《入塞》，屬橫吹曲辭。此題一作「塞下曲」。2 空桑林：指秋天桑林葉落，變得空疏。3 蕭關：在今寧夏固原縣東南。4 幽并客：幽州和并州的人。幽、并二州在今河北、山西和陝西一部分，此概指燕趙之地。5 遊俠兒：指以勇武馳騁天下的人。6 紫騮：古駿馬名，此指駿馬。

塞下曲[1]

飲馬渡秋水，水寒風似刀。平沙日未沒，黯黯見臨洮[2]。昔日長城戰[3]，咸言意氣高。黃塵足今古[4]，白骨亂蓬蒿[5]。

注釋

1 塞下曲：唐新樂府辭，屬橫吹曲辭。2 黯黯：昏暗模糊的樣子。臨洮：在今甘肅省岷縣，唐時為邊防要地，古長城西邊的起點。3 長城戰：指開元二年（七一四）唐軍在臨洮和吐蕃的戰爭。4 足：充滿。5 蓬蒿：散亂生長的野草。

賞析與點評

詩寫深秋時節，寒水砭骨、朔風似刀的大漠中，只見昔時殺敵建功、意氣高揚的將士，已成漫漫黃沙中的累累白骨。詩人極寫邊塞的荒涼，以及戰爭的殘酷，表現出對戰死疆場將士的深深同情，對上位者窮兵黷武的諷諫亦是不言而喻，是一首具有非戰意味的邊塞詩。

李白

關山月[1]

明月出天山[2]，蒼茫雲海間。長風幾萬里，吹度玉門關[3]。漢下白登道[4]，胡窺青海灣[5]。由來征戰地，不見有人還。戍客望邊色，思歸多苦顏。高樓當此夜[6]，歎息未應閒。

注釋

1 關山月：古樂府名。2 天山：此指甘肅境內祁連山。3 玉門關：故址在今甘肅省敦煌西，為唐時邊關，是通西域的關塞要道。4 漢：指漢朝。下：出兵。白登：白登山，在今山西省大同市東。據《漢書》記載，漢高祖親征匈奴，曾被困於白登山。5 胡：此指吐蕃。青海灣：指青海湖，在今青海省西寧附近。6 高樓：指住在高樓中的邊塞將士的妻子。

賞析與點評

關山月為古樂府名，多寫征戍離別之苦，此詩立意雖無新異之處，但寓月託風，表達征人、思婦異地情思，時空廣遠而意境壯闊。

子夜吳歌[1]

長安一片月，萬戶擣衣聲[2]。秋風吹不盡，總是玉關情[3]。何日平胡虜[4]，良人罷遠征[5]。

注釋

1 子夜吳歌：古樂府名。相傳是東晉一位名叫子夜的女子所作，因起於吳地，故名。李白此題下有四首，分詠春夏秋冬。此為第三首《秋歌》。2 **擣衣**：深秋時，家家少婦擣衣，準備冬衣，同時寄託對遠戍邊關丈夫的思念。3 **玉關情**：指對玉門關外戍邊丈夫的思念之情。4 **胡虜**：此指匈奴。5 **良人**：古時妻子對丈夫的尊稱。

長干行[1]

妾髮初覆額[2]，折花門前劇[3]。郎騎竹馬來[4]，繞牀弄青梅[5]。同居長干里，兩小無嫌猜。十四為君婦，羞顏未嘗開[6]。低頭向暗壁，千喚不一回。十五始展眉[7]，願同塵與灰。[8]常存抱柱信，豈上望夫台。[9]十六君遠行，瞿塘灩澦堆[10]。五月不可觸，[11]猿聲天上哀。[12]門前遲行跡，一一生綠苔。苔深不能掃，落葉秋風早。八月蝴蝶來，雙飛西園草。感此傷妾心，坐愁紅顏老。早晚下三巴[13]，預將書報家。相迎不道遠[14]，直至長風沙[15]。

注釋

1長干行：樂府《雜曲歌辭》舊題，本為江南一帶民歌，內容多寫男女戀情。長干，地名，古時建康（今江蘇南京市）有長干里，處秦淮河南岸，地近長江。2妾：古代婦女自稱。3劇：遊戲。4郎：古代妻子對丈夫的稱呼。竹馬：兒童遊戲時，把竹竿當馬騎，即稱竹馬。5牀：井欄杆。弄：玩。6羞顏：怕羞的容顏。7展眉：指懂得人事，不再害羞，眉頭舒展。8「願同」句：意謂願與丈夫同生共死。9「常存」二句：表達對夫妻情愛的堅信不疑。抱柱信，典出《莊子．盜蹠》，相傳古代有男子尾生和一女子約會於橋下，女子未來，但潮水已至，尾生堅持不去，抱橋柱被水淹死。此後用來比喻信守諾言、忠貞不二。望夫台，古時傳説有丈夫久出不歸，妻子在台上眺望，久而成石，此台稱望夫台。10 **瞿塘**：瞿塘峽，長江三峽之一，在今重慶市奉節縣。**灩澦堆**：瞿塘峽口的一塊大礁石。11 **「五月」句**：指船隻不要誤觸江中礁石。陰曆五月江水上漲，灩澦堆被江水淹沒，往來船隻極易觸礁。12 **「猿聲」句**：瞿塘峽兩岸，高山聳立，山中羣猿啼聲淒厲，船行其間，聞猿嘯之聲似在天上。13 **下三巴**：指丈夫離開三巴順流而下。三巴，巴郡、巴東、巴西統稱三巴，地在今重慶市東部。14 **不道遠**：不嫌遠。15 **長風沙**：地名，在今安徽省安慶東長江邊，地險水急。

賞析與點評

詩人藉女主人翁自述的方式，由追憶自己與夫婿兒時青梅竹馬，兩小無猜，結為白首之好，婚後生活美滿，一直到夫婿離家，期盼早歸而心境淒苦。小兒女情事，娓娓道來，縈迴曲折，表現出細膩的情致。

孟郊

孟郊（七五一—八一四），字東野，湖州武康（今浙江德清）人，郡望平昌（今山東安丘）。元和九年（八一四）暴疾卒。孟郊生性孤直，不諧世媚俗，一生窮困潦倒，卻刻意吟詩，到了「劌目心，刃迎縷解，鉤章棘句，掐擢胃賢」（韓愈《貞曜先生墓誌銘》）的地步。

他的詩「蹇澀窮僻，琢削不假，真苦吟而成」（魏泰《臨漢隱居詩話》），蘇軾將他與賈島並稱為「郊寒島瘦」（《祭柳子玉文》）。傳有《孟東野詩集》十卷，《全唐詩》編其詩十卷。

列女操[1]

梧桐相待老[2]，鴛鴦會雙死[3]。貞婦貴殉夫，捨生亦如此。波瀾誓不起，妾心古井水。

注釋

1 列女操：古樂府《琴曲》歌辭舊題。列，同烈。操，琴曲中的一種體裁。2 梧桐：樹名，據說梧為雄樹，桐為雌樹，並立而生，相伴到老。3 會：終當。

遊子吟1

慈母手中線，遊子身上衣。臨行密密縫，意恐遲遲歸。誰言寸草心，報得三春暉。

注釋

1 吟：詩體之一。

賞析與點評

這首詩是詩人担任溧陽縣尉，迎養母親時所作的。詩人由母親為孩儿縫製衣服的情景下筆，生發出慈母密切真摯的關愛，以及孩儿對母親恩情的感激與不能報母愛於萬一的綣綣戀戀。言語質樸而流暢自然，情感真摯而親切感人。

七言古詩　二十一首

七言古詩，又稱七言古風，簡稱「七古」，一般是對七言古詩和歌行的統稱。作為古體詩的一種，七言古詩起源於漢代民間歌謠，甚至更早。每句字數一般為七個，但也並不絕對如此，只要詩中多數句子是七個字就可以，每篇句數不拘。七言古詩是中國古典詩歌的主要形式之一，其形式活潑，體裁多樣，句法和韻腳的處理較為自由，而且富有極強的抒情、敍事的表現力。尤其是其中篇幅較長者，容量較大，用韻也非常靈活。

現在公認最早、最完整的七古是曹丕的《燕歌行》。南北朝時期，鮑照致力於七古創作，將之發展成一種充滿活力的詩體。唐代七古氣象宏放，手法多樣，深沉開闊，代表詩人有李白、杜甫、韓愈、李頎、岑參等。

陳子昂

陳子昂（六六一—七〇二），字伯玉，梓州射洪（今屬四川）人。文明元年（六八四）登進士第，當過麟台正字、右拾遺。世稱「陳正字」或「陳拾遺」。聖曆元年（六九八）辭官回鄉，被縣令段簡陷害，死於獄中。陳子昂是初唐詩歌革新的先驅，他反對齊梁詩風，提倡復興「漢魏風骨」，強調寄興。劉克莊評曰：「陳拾遺首唱高雅沖淡之音，一掃六代之纖弱。」（《後村詩話》）對唐詩的健康發展有巨大貢獻。今有《陳伯玉文集》十卷行世，《全唐詩》編其詩二卷。

登幽州台歌[1]

前不見古人，後不見來者。念天地之悠悠[2]，獨愴然而涕下。

注釋

1 **幽州台：**即薊北樓，又叫薊丘、燕台，相傳是燕昭王為招攬人才而築的黃金台，故址在今北京市。幽州，郡名，治所薊在今北京大興縣。2 **悠悠：**無盡。

賞析與點評

萬歲通天元年，詩人時年三十五，隨軍北征契丹，領軍的建安王武攸宜昏碌無能，對詩人屢次的進言皆不採納，甚至橫加貶抑。詩人登臨幽州台，感於燕昭王知遇樂毅舊事，而作此歌。詩人俯仰古今，前瞻追之不及的前代明君聖人，近盼待而不得志同道合的能人賢者，慨歎人生短暫，壯志未酬。

李頎

李頎（生卒年不詳），趙郡（今河北趙縣）人，家居潁陽（今河南登封）。開元二十三年（七三五）進士，當過新鄉尉，後棄官隱居潁陽東川。他交遊廣泛，與王昌齡、崔顥、高適、岑參、王維、綦毋潛等著名詩人都有交往，詩名頗著。最擅七言，胡應麟把他與高適、岑參、王維並稱，形容為「音節鮮明，情致委折，濃纖修短，得衷合度」（《詩藪》）。今存《李頎詩集》，《全唐詩》存其詩三卷。

古意[1]

男兒事長征[2]，少小幽燕客[3]。賭勝馬蹄下[4]，由來輕七尺[5]。殺人莫敢前，[6]鬚

如蝟毛磔（zhé）[7]。黃雲隴底白雲飛，未得報恩不得歸。遼東小婦年十五[8]，慣彈琵琶解歌舞[9]。今為羌笛出塞聲[10]，使我三軍淚如雨。

注釋

1古意：古詩體式，近於擬古詩，即託古喻今。2事長征：從軍遠征。3幽燕：泛指今遼寧、河北一帶，在唐時為邊境地區。4賭勝：逞強爭勝。5輕七尺：意謂不懼怕死亡。七尺，七尺之軀，此謂生命。6「殺人」句：奮勇殺敵，使敵人不敢近前。7「鬚如」句：意謂鬍鬚如刺蝟毛一樣紛張，形容形貌威猛。8小婦：少婦。9解：擅長。10羌笛：據說笛出於羌中，故稱。

賞析與點評

詩人運用反差強烈的意象，先寫邊疆健兒豪勇輕身，立功邊關的氣概豪情，再藉聽歌淚下，抒寫征戰之苦與離別之愁。人物刻畫神形畢肖，寫出盛唐戍邊戰士既有報君恩、立邊功的雄心，亦有思家鄉、望親人的柔情。句法前五言後七言，章法奔騰跳脫而又頓挫含蓄，充分表現出七古開拓馳騁的體式。

送陳章甫[1]

四月南風大麥黃，棗花未落桐葉長。青山朝別暮還見，嘶馬出門思舊鄉。陳侯立身何坦蕩[2]，虬（qiú）鬚虎眉仍大顙（sǎng）[3]。腹中貯書一萬卷，不肯低頭在草莽。東門酤酒飲我曹[4]，心輕萬事如鴻毛。醉臥不知白日暮，有時空望孤雲高。長河浪頭連天黑，津吏停舟渡不得[5]。鄭國遊人未及家[6]，洛陽行子空歎息[7]。聞道故林相識多，罷官昨日今如何[8]。

注釋

1 陳章甫：江陵人，開元中進士。2 陳侯：對陳章甫的尊稱。3 虬鬚：鬈曲的鬍鬚。大顙：寬額。4 飲：使喝，作動詞。我曹：我輩，我們。5 津吏：管理渡口的小官。6 鄭國遊人：指陳章甫。河南春秋時屬鄭國，陳曾在河南居住了很久。7 洛陽行子：作者自指。因李頎曾任新鄉縣尉，地近洛陽。8 昨日：猶言過去。

賞析與點評

詩人好任俠仗義，因此多結交狂狷之士。陳章甫亦是位落拓不羈、超羣拔俗之狂士，對得失並不在意。陳章甫罷官還鄉，詩人以詩贈別，詩中不着傷離恨別之辭，多作豪放曠達之語，以刻畫豪士形象取勝。神韻悠然，卻又高華悲壯，惜友不遇之情，盡在言外。

琴歌

主人有酒歡今夕，請奏鳴琴廣陵客[1]。月照城頭烏半飛[2]，霜淒萬木風入衣。銅爐華燭燭增輝[3]，初彈《淥水》後《楚妃》[4]。一聲已動物皆靜，四座無言星欲稀[5]。清淮奉使千餘里[6]，敢告雲山從此始[7]！

注釋

1 廣陵客：本指嵇康，因他曾作琴曲《廣陵散》，故稱。此處指善於彈琴的人。2 烏：烏鴉。3 華燭：飾有文采的蠟燭。4《淥水》、《楚妃》：均為琴曲名。5 星欲稀：指夜漸漸深了。6 清淮奉使：李頎曾任新鄉（今河南新鄉縣）縣尉，地近淮水，故言。淮，淮水。奉使，奉命出使。7 敢告雲山：即有歸隱山林之意。敢告，敬告之意。

孟浩然

夜歸鹿門歌[1]

山寺鳴鐘晝已昏[2]，漁梁渡頭爭渡喧[3]。人隨沙岸向江村，余亦乘舟歸鹿門。
鹿門月照開煙樹[4]，忽到龐公棲隱處[5]。巖扉松徑長寂寥[6]，唯有幽人自來去[7]。

注釋

1 鹿門：山名，在今湖北省襄陽。據《後漢書．龐公傳》載，東漢時龐德公在鹿門山採藥，是著名的隱者。孟浩然追慕先賢高致，也在此地隱居。2 晝已昏：指天色已近黃昏。3 漁梁：地名，指漁梁洲，在今湖北省襄陽境內。《水經注．沔水》載：「沔水中有魚梁洲，龐德公所居。」4 開煙樹：指月光下，原先煙幕繚繞下的樹木漸漸顯現出來。5 龐公：即龐德公。6 巖扉：指山巖相對如門。7 幽人：隱者，孟浩然自稱。

李白

廬山謠寄盧侍御虛舟[1]

我本楚狂人，鳳歌笑孔丘[2]。手持綠玉杖，朝別黃鶴樓[3]。五嶽尋仙不辭遠[4]，一生好入名山遊。廬山秀出南斗傍[5]，屏風九疊雲錦張[6]，影落明湖青黛光[7]。金闕前開二峯長[8]，銀河倒掛三石梁[9]。香爐瀑布遙相望，迴崖沓嶂凌蒼蒼[10]。翠影紅霞映朝日，鳥飛不到吳天長[11]。登高壯觀天地間，大江茫茫去不還。黃雲萬里動風色，白波九道流雪山[12]。好為廬山謠，興因廬山發。閒窺石鏡清我心[13]，謝公行處蒼苔沒[14]。早服還丹無世情[15]，琴心三疊道初成[16]。遙見仙人綵雲裏，手把芙蓉朝玉京[17]。先期汗漫九垓（gāi）上，願接盧敖遊太清[18]。

注釋

1 **廬山**：在今江西省九江市南。**謠**：本指不入樂的歌曲。**盧虛舟**：范陽人，唐肅宗時曾任殿中侍御史。2 **「我本」二句**：《論語．微子》中載，（孔子適楚）楚狂接輿歌而過孔子，曰：「鳳兮鳳兮，何德之衰？」勸孔子絕仕免禍。楚狂，指春秋時楚國隱士，名陸通，字接輿。因楚昭王昏亂，佯狂不仕，人稱「楚狂」。3 **黃鶴樓**：在今湖北省武漢市。4 **五嶽**：指東嶽泰山、南嶽衡山、西嶽華山、北嶽恒山、中嶽嵩山。5 **南斗**：星宿名，因在南方，故名南斗。古代以星宿分野，地上每一區域，都與天上星宿相對應。潯陽為南斗星（今江西省九江市）分野，廬山即在潯陽西北，故言「南斗傍」。6 **屏風九疊**：廬山勝景之一。在廬山五老峯東北，因山似屏風重疊，故稱為九疊雲屏或屏風疊。**雲錦張**：彩色雲霞如錦緞般張掛在山前。7 **明湖**：指鄱陽湖。8 **金闕**：金闕巖，在香爐峯西南。**二峯**：指香爐峯和雙劍峯。9 **倒掛三石樑**：此指九疊雲屏之左的三疊泉，其水勢三折而下，如銀河倒掛。10 **迴崖**：曲折的山崖。**沓嶂**：重疊的險峯。11 **吳天**：廬山古屬吳國，故稱此地的天空為吳天。12 **九道**：長江流經今江西省九江市的一段江水，有九條支流，稱九派，也叫九道。13 **石鏡**：據《太平寰宇記》載廬山東面懸崖上有圓石，明淨可照見人影，故稱為石鏡。14 **謝公**：指南朝詩人謝靈運。**行處**：足跡。15 **還丹**：道家煉丹，丹砂燒成水銀，煉久又還成丹砂，叫還丹。**無世情**：指了卻世俗之情，得道升仙。據說服還丹，可白日升天。16 **琴心三疊**：道家術語，指修煉內功，使心和神悅，從而使上、中、下三丹田合一，故稱之為「琴心三疊」。17朝：朝見。玉京：道家所說的天神元始天尊所居之地。18「先期」二句：典出《淮南子．道應訓》：盧敖周遊天下，至蒙谷山上，見一相貌清奇之士，邀之同遊，對方說：「吾與汗漫期於九垓之外，吾不可以久駐。」說完跳入雲中而去。期，相約。汗漫，神仙名，意謂不可知之。九垓，九天。盧敖，燕人，秦始皇派他求神仙而不返。太清，道家有玉清、上清、太清為三清之說，太清為天空最高層。李白化用此典，把盧虛舟比作盧敖，寄此詩與他相約，共遊仙境。

賞析與點評

此詩為詩人晚年流放夜郎獲釋後所作，直賦廬山的幽奇景色，並寄託複雜的思想於其中，既有對儒家孔子的嘲弄，亦有對道家求仙的崇信；既留戀現實，寄情於山水，也望超塵脱俗，尋仙歸隱。全篇開闔雄曠，音節瀏亮，跌宕多姿，可謂「天馬行空，不可羈紲」（《唐宋詩醇》）。

夢遊天姥（mǔ）吟留別[1]

海客談瀛（yíng）洲[2]，煙濤微茫信難求。越人語天姥[3]，雲霓明滅或可覩。天姥連天向天橫，勢拔五嶽掩赤城[4]。天台四萬八千丈，對此欲倒東南傾。[5]我欲因之夢吳越，一夜飛度鏡湖月。[6]湖月照我影，送我至剡（shàn）溪[7]。謝公宿處今尚在[8]，淥水蕩漾清猿啼。腳着謝公屐（jī）[9]，身登青雲梯[10]。半壁見海日，空中聞天雞[11]。千巖萬壑路不定，迷花倚石忽已暝。熊咆龍吟殷（yǐn）巖泉[12]，慄（lì）深林兮驚層巔[13]。雲青青兮欲雨，水澹澹兮生煙。列缺霹靂[14]，丘巒崩摧。洞天石扉[15]，訇（hōng）然中開。青冥浩蕩不見底，日月照耀金銀台[16]。霓為衣兮風為馬，雲之君兮紛紛而來下[17]。虎鼓瑟兮鸞回車，仙之人兮列如麻。忽魂悸以魄動，怳（huǎng）驚起而長嗟（jiē）[18]。惟覺時之枕席[19]，失向來之煙霞。世間行樂亦如此，古來萬事東流水。別君去兮何時還？且放白鹿青崖間[20]，須行即騎訪名山。安能摧眉折腰事權貴，使我不得開心顏？

注釋

1 天姥：山名。天姥山在今浙江天台縣、嵊縣和新昌縣之間。吟：詩體名，是歌行體的一種。此詩又題作《別東魯諸公》。2 海客：來自海上的人。瀛洲：古代傳說東海中有蓬萊、方丈、瀛洲海上三仙山，山中多居仙人。3 **越人**：指當地人。天姥山古屬越地。4 **拔**：超越。**掩**：壓倒。**赤城**：山名。5 **「天台」二句**：天台山雖高，但在天姥山面前，卻像要向東南傾倒。上四句都是「越人語天姥」的內容。天台，即天台山，在今浙江天台縣，天姥山東南面。四萬八千丈，極言山之高。6 **「我欲」二句**：我聽了越人的話，夜間夢遊吳越之地，夢魂飛到鏡湖，見到湖中之月。鏡湖，即鑒湖，在今浙江紹興。7 **剡溪**：水名。即曹娥江上游，在今浙江嵊縣。8 **謝公**：即謝靈運。9 **謝公屐**：據《南史·謝靈運傳》記載，謝靈運曾為登山專門製作了一種木屐，上山去其前齒，下山去其後齒，世稱「謝公屐」。10 **青雲梯**：比喻高峻入雲的石級山路。11 **天雞**：《述異記》說桃都山上有大樹，樹上有天雞，日出照臨此樹，天雞就開始鳴叫，於是天下的雞都隨之報曉。12 **殷**：震動。13 **慄**：恐懼。14 **列缺**：閃電。**霹靂**：雷鳴。15 **洞天**：道家所謂神仙居處。**石扉**：石門。16 **金銀台**：神仙宮闕。17 **雲之君**：指雲神。18 **怳**：恍然。**長嗟**：長歎。19 **覺時**：醒來時。20 **白鹿**：遊仙坐騎。

宣州謝朓樓餞別校書叔雲[1]

棄我去者，昨日之日不可留，亂我心者，今日之日多煩憂。長風萬里送秋雁，對此可以酣高樓[2]。蓬萊文章建安骨，[3]中間小謝又清發[4]。俱懷逸興壯思飛，欲上青天覽明月[5]。抽刀斷水水更流，舉杯消愁愁更愁。人生在世不稱意，明朝散髮弄扁舟[6]。

注釋

1 一作《陪侍御叔華登樓歌》。宣州：在今安徽宣城縣。謝朓：字玄暉，南北朝齊詩人。謝朓樓：謝朓任宣州太守時所建，又稱北樓，唐時改名疊嶂樓。校書叔雲：李白族叔，名李雲，曾任秘書省校書郎。2 酣：暢飲。3「蓬萊」句：此為稱讚李雲的文章。蓬萊文章，此指李雲的文章。因李雲任秘書省校書郎，專事校訂圖書，故藉蓬萊作比喻。建安骨，漢獻帝建安年間，曹操父子和建安七子詩文蒼勁剛健，史稱「建安風骨」。4 小謝：謝朓。世稱謝靈運「大謝」，稱謝朓「小謝」。此處是李白自比小謝。5 覽：通「攬」，摘取。6 散髮：古人平時都束髮戴帽，閒散時鬆開頭髮，稱散髮。後因其有不受冠冕拘束之意，引申為棄官歸隱；又因頭髮披散零亂，便有了疏狂放縱的意味。

岑參

走馬川行奉送封大夫出師西征[1]

君不見走馬川行雪海邊[2]，平沙莽莽黃入天。輪台九月風夜吼[3]，一川碎石大如斗，隨風滿地石亂走。匈奴草黃馬正肥，[4]金山西見煙塵飛[5]，漢家大將西出師[6]。將軍金甲夜不脫，半夜軍行戈相撥，風頭如刀面如割。馬毛帶雪汗氣蒸，五花連錢旋作冰，[7]幕中草檄硯水凝。虜騎聞之應膽懾，料知短兵不敢接，車師西門佇獻捷[8]。

注釋

1 走馬川：地名，在北庭川，今新疆古爾班通古特。行：古詩體裁之一。封大夫：指封常清，天寶年間任北庭都護、伊西節度使、瀚海軍使，調岑參任安西、北庭節度判官，軍府駐輪台。因封常清曾任御史大夫，故稱封大夫。**西征**：西征史實如何，看法頗有不同。此次應指封常清於天寶十三年率軍對突厥西葉護阿布思叛軍餘部用兵。2 **雪海**：山名，為今新疆吉木薩爾縣南之天山，因常年雨雪，雪峯層疊，故稱雪海。3 **輪台**：在今新疆庫車縣東。4 **「匈奴」句**：據《漢書．匈奴傳》記載，秋天草黃馬肥時，匈奴人常侵漢境劫掠。5 **金山**：即阿爾泰山，在今新疆北部和蒙古人民共和國西部，此指敵軍侵犯的方向。6 **漢家大將**：指封常清。7 **「五花」句**：馬鬃和馬身上的雪與汗被冷風一吹，很快凍成了冰。五花，即五花馬。唐人剪馬鬃成花狀，三瓣稱三花，五瓣稱五花。連錢，指馬身上斑駁如錢的花紋。8 **車師**：古國名，唐時為北庭都護府治所北庭城。

賞析與點評

此詩不若一般送征祝捷之詩，着力鋪寫壯盛軍威，而是極力渲染、誇張地描繪西北邊地環境的苦寒險惡，以反襯大軍的勇往直前。音律和諧，三句一換韻，句句押韻，奇美而俊拔。

輪台歌奉送封大夫出師西征

輪台城頭夜吹角[1]，輪台城北旄（máo）頭落[2]。羽書昨夜過渠黎[3]，單（chán）于已在金山西[4]。戍樓西望煙塵黑[5]，漢軍屯在輪台北。上將擁旄西出征[6]，平明吹笛大軍行[7]。四邊伐鼓雪海湧，三軍大呼陰山動[8]。虜塞兵氣連雲屯[9]，戰場白骨纏草根。劍河風急雲片闊[10]，沙口石凍馬蹄脫[11]。亞相勤王甘苦辛[12]，誓將報主靜邊塵。古來青史誰不見，今見功名勝古人。

注釋

1 吹角：軍中號令用鼓角。2 旄頭落：指胡兵敗亡。旄頭，星宿名，即「昴」，為胡星。3 羽書：軍中緊急文書。渠黎：漢西域地名，在輪台東南。4 單于：匈奴君主稱單于。此處用以指敵軍。5 戍樓：屯兵駐防之城樓。煙塵黑：指烽火台上黑煙報警。6 擁旄：唐時節度使擁旄節。旄，竿頂用旄牛尾為飾的旗。7 平明：天剛亮。8 陰山：山名，此指天山。9 虜塞：敵軍營壘。10 劍河：唐時西域水名，在今葉尼塞河上游。11 沙口：地名。其地不詳。12 亞相：漢制以御史大夫位上卿，次於宰相，稱亞相。此指封常清。勤王：為王事而勞。

白雪歌送武判官歸京[1]

北風捲地白草折[2]，胡天八月即飛雪[3]。忽如一夜春風來，千樹萬樹梨花開。散入珠簾濕羅幕，狐裘不暖錦衾（qīn）薄[4]。將軍角弓不得控[5]，都護鐵衣冷猶着[6]。瀚海闌干百丈冰[7]，愁雲慘淡萬里凝。中軍置酒飲歸客[8]，胡琴琵琶與羌笛。紛紛暮雪下轅門[9]，風掣（chè）紅旗凍不翻。[10]輪台東門送君去，去時雪滿天山路。山迴路轉不見君，雪上空留馬行處。

注釋

1 白雪歌：樂府琴曲有《白雪歌》。判官：官名。唐時節度使、觀察使下掌書記之官吏。武判官：其人不詳。2 白草：西域牧草名，秋天變白。3 胡天：此處指西域的氣候。4 衾：被子。5 控：拉弦。6 都護：官名。唐時曾設安西等六大都護府，每府有大都護，管理行政事務。7 瀚海：即大沙漠。闌干：縱橫交錯的樣子。百丈：一作「百尺」。8 中軍：主帥所在的軍營，此指主帥營帳。9 轅門：軍營之門。10「風掣」句：紅旗因被冰雪凍住，風吹也不能使它拂動。掣，拽動。

杜甫

丹青引贈曹將軍霸[1]

將軍魏武之子孫[2]，於今為庶為清門[3]。英雄割據雖已矣[4]，文采風流今尚存[5]。學書初學衛夫人[6]，但恨無過王右軍[7]。丹青不知老將至，富貴於我如浮雲[8]。開元之中常引見[9]，承恩數（shuò）上南薰殿[10]。凌煙功臣少顏色[11]，將軍下筆開生面[12]。良相頭上進賢冠[13]，猛將腰間大羽箭[14]。褒公鄂公毛髮動[15]，英姿颯爽來酣戰。先帝天馬玉花驄[16]，畫工如山貌不同[17]。是日牽來赤墀（chí）下[18]，迥立閶闔（chāng hé）生長風[19]。詔謂將軍拂絹素[20]，意匠慘澹經營中[21]。斯須九重真龍出[22]，一洗萬古凡馬空[23]。玉花卻在御榻上，榻上庭前屹相向[24]。至尊含笑催賜金[25]，圉（yǔ）人太僕皆惆悵[26]。弟子韓幹早入室[27]，亦能畫馬窮殊相[28]。幹惟畫肉不畫骨，忍使

驊騮氣凋喪。[29] 將軍畫善蓋有神，偶逢佳士亦寫真[30]。即今飄泊干戈際[31]，屢貌尋常行路人。途窮反遭俗眼白，世上未有如公貧。但看古來盛名下，終日坎壈（kǎn lǎn）纏其身。[32]

注釋

1 **丹青**：丹砂、靛青等紅綠顏料，後代指繪畫。**引**：詩體名。2 **將軍**：指曹霸。**魏武**：魏武帝曹操。因曹髦為曹操曾孫，曹霸又為曹髦之後，故稱曹霸為魏武之子孫。3 **庶**：庶人，平民。曹霸在玄宗末年獲罪，被貶為庶人。**清門**：寒門，即平民。4 **已**：止、去。5 **文采風流**：指曹操父子能詩擅文。6 **學書**：學習書法。**衛夫人**：名鑠，字茂猗，晉著名書法家，王羲之曾師從她學書法。7 **過**：超越。**王右軍**：王羲之，字逸少，書法家。曾官右軍將軍，其書法為古今之冠。8 **「丹青」二句**：曹霸專心繪畫，不慕富貴。不知老將至，用《論語．述而》「發憤忘食，樂以忘憂，不知老之將至云爾」之意。又，「不義而富且貴，於我如浮雲」之意。9 **開元之中**：指唐玄宗開元年間。10 **承恩**：被皇帝召見。**南薰殿**：在唐皇宮興慶宮內。11 **凌煙功臣**：唐貞觀十七年（六四三），太宗命閻立本畫二十四功臣像，置於凌煙閣中，褒崇勛德。**少顏色**：指畫像色彩暗淡。12 **開生面**：指曹霸重畫功臣像，又創了新的意境。13 **進賢冠**：古時文臣儒士所戴之禮帽，為黑布做成。14 **大羽箭**：一種四羽大桿長箭，為唐太宗所創。15 褒公：褒國公段志立。鄂公：鄂國公尉遲敬德。16 先帝：指唐玄宗。17 如山：形容畫工之多。貌不同：指所畫各自不同，都不能逼真神似。貌，描繪。18 赤墀：即「丹墀」，宮內塗成紅色的台階。19 迥立：昂首挺立。閶闔：天宮之門，此指宮殿大門。生長風：形容馬之神駿。20 詔謂：皇帝指令。絹素：用作畫布的白絹。21 意匠：構思之意。慘澹經營：苦心佈局。22 斯須：一會兒。九重真龍：意指真正的御馬。九重，本指九重天，此指皇宮。真龍，古稱八尺馬為龍，此謂良馬。23「一洗」句：意謂此畫的神馬一出，萬古以來所畫的平庸之馬都被一掃而空。24「玉花」二句：此畫掛起來，就好像真的玉花驄立於御榻之上，與庭前的活馬相對而立，似乎難辨真假。玉花，玉花驄。25 至尊：皇帝。26 圉人：養馬人。太僕：執掌皇帝車馬的官員。27 韓幹：畫家，唐玄宗時官至太府寺丞，最擅畫馬。初師曹霸，後獨創一派。入室：弟子得老師真傳。28 窮殊相：畫盡其形、其相、其態，即曲盡其妙之意。29「幹惟」二句：以韓幹襯託曹霸。畫肉不畫骨，指韓幹畫馬過於肥大。驊騮，周穆王八駿之中有名驊騮，此泛稱駿馬。氣凋喪，指馬沒有了神氣。30 偶逢：一作「必逢」。寫真：畫人像。31 干戈際：指戰亂時代。32「但看」二句：看來自古負盛名之人，往往都被窮愁失意所困擾。坎壈，貧困失意。

古柏行

孔明廟前有老柏[1]，柯如青銅根如石[2]。霜皮溜雨四十圍[3]，黛色參天二千尺[4]。雲來氣接巫峽長，月出寒通雪山白。[5]君臣已與時際會，樹木猶為人愛惜。[6]憶昨路繞錦亭東，先主武侯同閟（bì）宮[7]。崔嵬枝幹郊原古[8]，窈窕丹青戶牖空[9]。落落盤踞雖得地[10]，冥冥孤高多烈風[11]。扶持自是神明力，正直原因造化功。[12]大廈如傾要梁棟，萬牛迴首丘山重。[13]不露文章世已驚[14]，未辭剪伐誰能送？[15]苦心豈免容螻蟻，香葉曾經宿鸞鳳。[16]志士幽人莫怨嗟，古來材大難為用。

注釋

1 孔明廟：諸葛孔明廟有三處，一在定軍山（今陝西勉縣）；一在成都，為武侯祠，附劉備廟中；一在夔州，與劉備廟分立。此指夔州孔明廟。2 柯：枝幹。3 霜皮溜雨：樹皮白而光滑。四十圍：極言其粗。圍，合抱曰圍。4 二千尺：極言其高。5「雲來」二句：白天雲來，雲氣與巫峽相接；夜晚月出，寒氣來自雪山。此處形容柏樹氣象。6「君臣」二句：君臣指劉備與孔明；與時，因時；際會，遇合。此處用召伯甘棠之典。7 閟宮：神宮，指祠廟。8 崔嵬：高大的樣子。9 窈窕：幽深的樣子。10 落落：指樹獨立挺拔的樣子。11 冥冥：高空深遠的樣子。12「扶持」二句：神明力、造化功，皆指自然的力量。13「萬牛」句：語自鮑照詩「丘山不可勝」。此言古柏重如丘山，萬牛也拉不動。14 不露文章：指古柏不炫耀自己的花紋之美。15「未辭」句：古柏雖不避砍伐，可又有誰能採送。比喻棟樑之材雖想為世所用，但無人引薦。16「苦心」二句：古柏的根莖雖苦也難免遭螻蟻侵害，但柏葉芬芳，曾有鸞鳳棲宿過。苦心，柏心味苦。螻蟻，螻蛄螞蟻，喻小人。鸞鳳，鸞鳥鳳凰，喻賢人。

賞析與點評

詩人平生最為稱慕孔明，古柏是此詩詠誦的主體，但詩人不重古柏形狀的描繪，注重的是其壯偉的氣勢。因詩人將對孔明的悼念與禮讚寄託於古柏之上，篇終以「古來材大難為用」之喟歎作結，如喻孔明材大而不盡其用；而材大難用，亦蘊含自喻材似孔明而人莫用之自傷。

觀公孫大娘弟子舞劍器行　並序[1]

大曆二年十月十九日，夔（kuí）府別駕元持宅[2]，見臨潁李十二娘舞劍器[3]，壯其蔚跂（qǐ）[4]。問其所師，曰：「余公孫大娘弟子也。」開元五載[5]，余尚童稚，記於郾城，觀公孫氏舞劍器渾脫（tuō）[6]，瀏灕頓挫[7]，獨出冠時[8]。自高頭宜春、梨園二伎坊內人[9]，洎（jì）外供奉舞女[10]，曉是舞者，聖文神武皇帝初[11]，公孫一人而已。玉貌錦衣，況余白首，今茲弟子，亦匪盛顏。既辨其由來，知波瀾莫二[12]。撫事慷慨，聊為《劍器行》。昔者吳人張旭[13]，善草書書帖，數常於鄴縣見公孫大娘舞西河劍器[14]，自此草書長進。豪蕩感激[15]，即公孫可知矣。

昔有佳人公孫氏，一舞劍器動四方。觀者如山色沮喪[16]，天地為之久低昂。㸌（huò）如羿射九日落[17]，矯如羣帝驂（cān）龍翔[18]。來如雷霆收震怒[19]，罷如江海凝清光[20]。絳唇珠袖兩寂寞[21]，晚有弟子傳芬芳。臨潁美人在白帝[22]，妙舞此曲神揚揚。與余問答既有以[23]，感時撫事增惋傷。先帝侍女八千人[24]，公孫劍器初第一[25]。五十年間似反掌[26]，風塵澒（hòng）洞昏王室[27]。梨園子弟散如煙，女樂餘姿映寒日[28]。金粟堆南木已拱[29]，瞿塘石城草蕭瑟[30]。玳絃急管曲復終[31]，樂極哀來月東出。老夫不知其所往，足繭荒山轉愁疾。

注釋

1 公孫大娘：開元年間著名的舞蹈藝人。劍器：唐代「健舞」之一，屬「武舞」，舞者穿戎裝，空手而舞。2 夔府：貞觀十四年（六四〇），夔州曾設督府，故夔州又稱夔府，在今重慶市奉節縣。別駕：官名，刺史佐官。元持：人名，其人不詳。3 臨潁：在今河南臨潁縣。4 蔚跂：形容其舞姿矯健凌厲。5 開元五載：「五」一作「三」。開元五載，杜甫六歲，較三載時四歲合理。6 郾城：在今河南郾城縣。渾脫：原指一種帽子。唐太宗時，趙國公長孫無忌用烏羊毛做成渾脫氈帽，人多效之，稱「趙公渾脫」。後演變成舞，也屬「武舞」。7 瀏灕頓挫：酣暢而有節奏感。8 冠時：冠絕一時。9 高頭：前頭，指在皇帝跟前。宜春、梨園：指唐玄宗時設於宮內的皇家歌舞班子。伎坊：教坊，或稱「內供奉」，教演音樂歌舞的機構。10 洎：及。外供奉：設於宮外的外教坊。11 聖文神武皇帝：唐玄宗的尊號。12 辨其由來：明白了她的師承。波瀾莫二：指一脈相承。13 張旭：唐代書法家，最善草書，有「草聖」之名。14 鄴縣：地名，在今河北臨漳縣。西河劍器：劍器舞中的一種。15 豪蕩感激：意態飛動，飽含激情。16 色沮喪：失色之意。17 㸌：閃光貌。18 矯：飛騰貌。驂龍翔：駕龍飛翔。19 來：指上場。雷霆：指鼓聲如雷鳴。20 罷：指下場。清光：指劍閃寒光。21「絳唇」句：公孫大娘人與舞都亡逝了。絳唇，紅唇，此指公孫大娘其人。珠袖，此指舞蹈。22 臨潁美人：指李十二娘。白帝：白帝城，在夔州。23 既有以：有根由，即序中所說「既辨其由來」。24 **先帝**：指唐玄宗。25 **初**：本。26 **似反掌**：形容歲月迅速流逝。27 **風塵澒洞**：指安史之亂。澒洞，形容彌漫無際。28 **女樂餘姿**：指李十二娘的舞姿有開元歌舞的神韻。**寒日**：杜甫觀舞作詩正值十月。29 **金粟堆**：即金粟山，在今陝西蒲城縣東北，唐玄宗陵即在山上。**木已拱**：墓前所栽種之樹已有合抱一般粗了。30 **瞿塘石城**：即白帝城。31 **玳絃**：玳瑁製的絃樂器。**急管**：節奏急促的管樂之聲。

賞析與點評

詩人心中繫念國運的沒落與王室的衰微，感時而撫事，少年時愉快的回憶發為歷經滄桑後深沉的感慨。「五十年間似反掌」，樂極而哀來，玄宗墓木已拱，足繭荒山卻不知向何方，令人讀後，穆然而深思。

元結

石魚湖上醉歌　並序[1]

漫叟以公田米釀酒[2]，因休暇則載酒於湖上，時取一醉。歡醉中，據湖岸引臂向魚取酒[3]，使舫載之[4]，徧飲（yìn）坐者。意疑倚巴丘酌於君山之上[5]，諸子環洞庭而坐[6]，酒舫泛泛然觸波濤而往來者，乃作歌以長（zhǎng）之[7]。

石魚湖，似洞庭，夏水欲滿君山青。山為樽，水為沼，酒徒歷歷坐洲島。長風連日作大浪，不能廢人運酒舫。我持長瓢坐巴丘，酌飲四座以散愁。

注釋

1　石魚湖：在今湖南道縣東，因湖中有大石，狀如遊魚而得名。元結任道州刺史時，常到石魚湖飲酒賦詩。2 **漫叟**：元結之自號。3 **引臂**：伸臂。**向魚取酒**：在石魚上有凹處，可以貯酒，故稱。4 **舫**：小船。石魚湖上，水繞石魚迴流，故飲酒時，用小船載酒，繞石而行，遍飲同遊之人。5 **疑**：就好像。**巴丘**：即巴陵，洞庭湖岸邊山名。**君山**：又名洞庭山，在洞庭湖中。6 **洞庭**：此指洞庭湖（一說指石魚湖）。7 **長**：助興之意。

賞析與點評

詩人藉奇特的想像，以山為杯，以湖為池，述寫醉飲湖中的奇趣，極寫酒興之豪與遊宴之樂，充滿濃厚的浪漫色彩，於放浪之中，隱隱寓有眼見天下擾擾，又遭政治失意的憂愁。句式自由，語言淺白易懂，情感自然率真，風格奇肆恣縱。

韓愈

韓愈（七六八—八二四），字退之，河南河陽（今河南孟縣）人，郡望昌黎（今屬河北），故世稱「韓昌黎」。貞元八年（七九二）進士，入仕後兩度以直諫遠貶南荒，官終吏部侍郎。長慶四年（八二四）卒，世稱「韓吏部」或「韓文公」。

韓愈是中唐古文運動的領袖，也是當時的文壇盟主，詩歌吸收古文的章法、句式，「以文為詩」（《後山詩話》引蘇軾語），因而表現出「騁駕氣勢，嶄絕崛強」（高棅《唐詩品彙》）的特色。同時，為了出奇制勝、別開生面，韓愈詩喜用險韻、奇字、古句、方言，蘇軾認為「詩格之變自退之始」（《王直方詩話》引）。方東樹評韓詩「筆力強，造語奇，取境闊，蓄勢遠，用法變化而深嚴」，可謂概括了其特點。今有《昌黎先生集》四十卷及《外集》行世，《全唐詩》編其詩十卷。

山石

山石犖（luò）确行徑微[1]，黃昏到寺蝙蝠飛。升堂坐階新雨足，芭蕉葉大支子肥[2]。僧言古壁佛畫好，以火來照所見稀[3]。鋪牀拂席置羹飯，疏糲（lì）亦足飽我飢[4]。夜深靜卧百蟲絕，清月出嶺光入扉。天明獨去無道路[5]，出入高下窮煙霏。山紅澗碧紛爛漫，時見松櫪皆十圍。當流赤足蹋澗石，水聲激激風生衣。人生如此自可樂，豈必局束為人鞿（jī）[6]。嗟哉吾黨二三子[7]，安得至老不更歸[8]。

注釋

1 犖确：險峻不平的樣子。微：狹窄。2 支子：即梔子，夏天開白花。3 稀：模糊，少見。4 疏糲：糙米飯。5 無道路：意指隨處閒走，不擇路徑。6 局束：約束之意。為人鞿：形容被人控制。鞿，馬絡頭。7 吾黨二三子：意謂我的幾個志趣相投的朋友。8 不更歸：即再不歸。更，再。

謁衡嶽廟遂宿嶽寺題門樓

五嶽祭秩皆三公，[1]四方環鎮嵩當中[2]。火維地荒足妖怪[3]，天假神柄專其雄[4]。

噴雲泄霧藏半腹[5]，雖有絕頂誰能窮[6]。我來正逢秋雨節，陰氣晦昧無清風。潛心默禱若有應，豈非正直能感通[7]。須臾靜掃眾峯出[8]，仰見突兀撐青空[9]。紫蓋連延接天柱[10]，石廩騰擲堆祝融[11]。森然魄動下馬拜，松柏一徑趨靈宮[12]。粉牆丹柱動光彩，鬼物圖畫填青紅。升階傴僂（yǔ lǚ）薦脯酒[13]，欲以菲薄明其衷[14]。廟令老人識神意[15]，睢盱（suī xū）偵伺能鞠躬[16]，手持杯珓導我擲[17]，云此最吉餘難同[18]。竄逐蠻荒幸不死[19]，衣食才足甘長終。侯王將相望久絕，神縱欲福難為功[20]。夜投佛寺上高閣，星月掩映雲曈朧[21]。猿鳴鐘動不知曙，杲（gǎo）杲寒日生於東[22]。

注釋

1「五嶽」句：祭祀五嶽，要參照祭三公的等級來致祭。祭秩，祭祀的等級。三公，周代乙太師、太傅、太保為三公。後用以指稱最尊貴的官位。2 嵩當中：指中嶽嵩山為中心。3 火維：此指南方。古代以五行為屬五方，火屬南方。地荒：荒遠之地。足：多。4 假：授予。柄：權力。5 半腹：半山腰。6 窮：登上。7 正直：指衡山之神。8 靜掃：指雲霧被靜靜地吹散。9 突兀：高聳突起的樣子。10 紫蓋、天柱：山峯名。11 石廩、祝融：山峯名。衡山最高峯有五座，為芙蓉、紫蓋、石廩、天柱、祝融。騰擲：騰躍起伏。12 一徑：一條路。靈宮：神宮。13 升階：登上台階。傴僂：曲身彎腰，以示敬意。薦：進獻。脯：肉乾。14 菲薄：此指祭品不豐厚，謙詞。明其衷：表明內心的誠敬之意。15 廟令：管理嶽廟的官。16 睢盱：凝視之意。偵伺：觀察。17 杯珓：也作杯教，占卜用品，形似蚌殼，兩片。占卜時，向空中擲出，落地後視其俯仰，以卜吉凶。以半俯半仰為佳。18 餘難同：其他占卜的結果都難以相比。19 竄逐蠻荒：指韓愈被貶陽山事。20 福：賜福。21 朦朧：朦朧不明的樣子。22 杲杲：形容日出光明貌。

賞析與點評

此詩為典制詩，寫詩人謁祭衡山，投宿廟中的過程，詩人移注心中鬱抑不平之氣於景物描寫之中，體現出一種揮灑自如、遒勁闊大的藝術風格。

柳宗元

漁翁

漁翁夜傍西巖宿[1]，曉汲清湘燃楚竹[2]。煙銷日出不見人，欸（ǎi）乃一聲山水綠[3]。迴看天際下中流，巖上無心雲相逐。

注釋

1 西巖：即西山。2 汲：打水。清湘：指湘江。楚竹：楚地之竹。因永州古屬楚國，故稱。3 欸乃：搖櫓聲。唐時湘中有漁歌《欸乃曲》，有人也認為此處指船歌。

白居易

白居易（七七二—八四六），字樂天，祖籍太原，居於下邽（今陝西渭南）。貞元十六年（八〇〇）進士，元和初，官至贊善大夫，因諫事被貶為江州司馬。後多歷州刺史，終以刑部尚書致仕。白居易晚年皈依佛教，吟詠自適，自號「醉吟先生」、「香山居士」。白居易以詩著稱，早年與元稹齊名，稱「元白」；晚年與劉禹錫齊名，稱「劉白」。元和年間提倡新樂府，影響深遠。他的作品「言淺而思深，意微而詞顯」（薛雪《一瓢詩話》）。他的七言古詩以《長恨歌》、《琵琶行》最著名。後世把白居易和元稹的這類七言長篇敘事歌行稱作「長慶體」（林昌彝《射鷹樓詩話》）。現有《白氏長慶集》七十五卷，《全唐詩》編其詩三十九卷。

長恨歌

漢皇重色思傾國[1]，御宇多年求不得[2]。楊家有女初長成，養在深閨人未識。天生麗質難自棄，一朝選在君王側。[3]回眸一笑百媚生，六宮粉黛無顏色。春寒賜浴華清池，溫泉水滑洗凝脂。侍兒扶起嬌無力，始是新承恩澤時。雲鬢花顏金步搖，芙蓉帳暖度春宵。春宵苦短日高起，從此君王不早朝。承歡侍宴無閒暇，春從春遊夜專夜。後宮佳麗三千人，三千寵愛在一身。金屋妝成嬌侍夜，玉樓宴罷醉和春。姊妹弟兄皆列土[4]，可憐光彩生門戶[5]。遂令天下父母心，不重生男重生女。驪宮高處入青雲，仙樂風飄處處聞。緩歌謾舞凝絲竹，盡日君王看不足。漁陽鼙（pí）鼓動地來[6]，驚破霓裳羽衣曲。九重城闕煙塵生，千乘（shèng）萬騎西南行[7]。翠華搖搖行復止[8]，西出都門百餘里。六軍不發無奈何[9]，宛轉蛾眉馬前死[10]。花鈿委地無人收[11]，翠翹金雀玉搔頭[12]。君王掩面救不得，回看血淚相和流。黃埃散漫風蕭索，雲棧縈紆登劍閣[13]。峨嵋山下少人行[14]，旌旗無光日色薄。蜀江水碧蜀山青，聖主朝朝暮暮情。行宮見月傷心色，夜雨聞鈴腸斷聲[15]。天旋地轉迴龍馭[16]，到此躊躇不能去。馬嵬坡下泥土中，不見玉顏空死處[17]。君臣相顧盡霑衣，東望都門信馬歸。歸來池苑皆依舊，太液芙蓉未央柳。芙蓉如面柳如眉，對此如何不淚垂？春風桃李花開日[18]，秋雨梧桐葉落時。西宮南內多秋草[19]，落葉滿階紅不掃。梨園弟子白髮新[20]，椒房阿監青娥老[21]。夕殿螢飛思悄然[22]，孤燈挑盡未成眠。遲遲鐘鼓初長夜，耿耿星河欲曙天[23]。鴛鴦瓦冷霜華重，翡翠衾寒誰與共[24]？悠悠生死別經年，魂魄不曾來入夢。臨邛（qióng）道士鴻都客[25]，能以精誠致魂魄。為感君王輾轉思，遂教方士殷勤覓。排空馭氣奔如電，升天入地求之遍。上窮碧落下黃泉，兩處茫茫皆不見。忽聞海上有仙山，山在虛無縹渺間。樓閣玲瓏五雲起，其中綽約多仙子。中有一人字太真，雪膚花貌參差（cēn cī）是[26]。金闕西廂叩玉扃（jiōng）[27]，轉教小玉報雙成[28]。聞道漢家天子使，九華帳裏夢魂驚。攬衣推枕起徘徊，珠箔銀屏迤邐開。雲髻半偏新睡覺，花冠不整下堂來。風吹仙袂飄飄舉，猶似霓裳羽衣舞。玉容寂寞淚闌干[29]，梨花一枝春帶雨。含情凝睇謝君王，一別音容兩渺茫。昭陽殿裏恩愛絕[30]，蓬萊宮中日月長[31]。回頭下望人寰處，不見長安見塵霧。惟將舊物表深情，鈿合金釵寄將去[32]。釵留一股合一扇，釵擘（bò）黃金合分鈿。但教心似金鈿堅，天上人間會相見。臨別殷勤重寄詞，詞中有誓兩心知。七月七日長生殿[33]，夜半無人私語時。在天願作比翼鳥，在地願為連理枝。天長地久有時盡，此恨緜緜無絕期。

注釋

1 **漢皇**：此指唐玄宗李隆基。唐人常以漢武帝指唐玄宗，又以武帝之寵李夫人喻玄宗之寵楊貴妃。**傾國**：代稱美人。2 **御宇**：治理天下。3 **「一朝」以上幾句**：楊貴妃小名玉環，蒲州永樂（今山西永濟）人，蜀州司戶楊玄琰之女。因父早死，養於叔父楊玄珪家。開元二十三年（七三五）受封為唐玄宗之子壽王李瑁之妃。二十八年，玄宗命她出家為女道士，改名太真。天寶四年（七四五），冊封為貴妃。詩中所寫並不符合事實，這是白居易為唐玄宗隱諱。4 **列土**：分封土地。5 **可憐**：可羨。6 **漁陽鼙鼓**：指安祿山起兵漁陽叛亂事。漁陽，唐郡名，在今河北薊縣一帶。鼙鼓，騎馬所用的戰鼓。7 **千乘萬騎**：指跟隨玄宗的大隊人馬。天寶十五年，安祿山破潼關，唐玄宗帶着楊貴妃出逃西南。乘，指車。8 **翠華**：皇帝儀仗中用翠鳥羽毛裝飾的旗幟。此指皇帝車駕。9 **六軍**：皇帝衛隊。**不發**：不肯前進。唐玄宗行至馬嵬坡，衛隊嘩變，請殺楊國忠和楊貴妃，以泄天下之憤，玄宗無奈從之，殺楊國忠，令楊貴妃自縊。10 **宛轉**：委婉委屈的樣子。11 **花鈿**：嵌珠玉的花形頭飾。**委地**：扔在地上。12 **翠翹**：形似翠鳥尾的首飾。**金雀**：黃金製成的鳳形首飾。**玉搔頭**：即玉簪子。13 **雲棧**：直入雲霄的棧道。關中入蜀，必走棧道。**縈紆**：指棧道曲折迂迴。**劍閣**：在大小劍山之間，地勢極險，為南棧道的一部分，在今四川劍閣縣東北。14 **峨嵋山**：在今四川峨嵋縣。此處泛指蜀中之山。15 **夜雨聞鈴**：據唐人鄭處誨《明皇雜錄·補遺》記載，唐玄宗「初入斜谷，霖雨涉旬，於棧道雨中聞鈴音，隔山相應。上既悼念貴妃，採其聲為《雨淋鈴》曲以寄恨焉。」**鈴**：此指棧道鐵索上所掛鈴鐺。16**「天旋」句**：指時局好轉，唐玄宗回京。龍馭，皇帝車駕。17**空死處**：只見死的地方。據《新唐書．後妃傳》載，唐玄宗回京，經馬嵬坡，派人以禮改葬貴妃，見其香囊猶在，不勝悲切。18**花開日**：一作「花開夜」。19**西宮南內**：唐玄宗回京後，先住南內，後遷居西宮，被軟禁。20**梨園弟子**：唐玄宗通曉音樂，曾親自教習音樂於梨園，習藝者即稱梨園弟子。21**椒房**：指後宮。漢時後妃宮中，取椒粉塗牆，因其香可避惡氣，且溫暖，故稱。**阿監**：宮中女官。**青娥**：青春少女。22**悄然**：興味索然。23**耿耿**：明亮的樣子。**星河**：銀河。24**翡翠衾**：繡有翡翠鳥的錦被。據說翡翠鳥雌雄相隨而行。25**臨邛**：今四川邛崍縣。**鴻都**：漢代洛陽北宮門名。此借指長安。臨邛道士和鴻都客指同一人，意謂從四川來到長安的道士。26**參差**：好像，差不多。27**金闕、玉扃**：此處金闕指金碧輝煌的仙宮，玉扃指玉製的門。28**小玉**：相傳吳王夫差之女名小玉，死後成仙。**雙成**：相傳西王母有侍女名董雙成。此處皆喻指楊太真之侍女。29**淚闌干**：眼淚縱橫。30**昭陽殿**：漢宮殿名，為漢成帝皇后趙飛燕得寵時所居之宮。此指楊貴妃生前居處。31**蓬萊宮**：蓬萊相傳為海上仙山，蓬萊宮即指仙宮。32**鈿合**：鑲金花的盒子。33**長生殿**：在華清宮中，為祭神之宮，一名集靈殿。**七月七日**：相傳此日牛郎、織女在天上鵲橋相會，故古代婦女在此日穿針，稱為「乞巧」。

賞析與點評

此詩具有七言歌行體辭采旖旎、音節流蕩的特點，篇制宏大，內容的時間跨度為二十年，而地域則由長安到蜀中，由人間到仙境。詩歌的前半部詳細地刻畫了明皇重色，楊妃專寵，不恤國事，縱慾行樂，終於樂極生悲，安史亂起，馬嵬兵變，生死相隔，批判玄宗重色誤國，表達了創作的主觀目的。但隨着下半部的展開，死別入蜀，明皇歸京，輾轉夜思，太真驚夢，殿中寄語，詩人逐步淡出批判的主旨，轉而以浪漫的手法，加入民間傳說，表現李、楊二人天上人間生離死別的深長痛苦，歌頌兩人堅貞的愛情。結構綿密，首尾完整，情節曲折多變，富於傳奇性，語言流暢清麗，抒情性強。

琵琶行[1] 並序

元和十年，余左遷九江郡司馬[2]。明年秋，送客湓浦口[3]，聞舟中夜彈琵琶者。聽其音，錚錚然有京都聲[4]。問其人，本長安倡女[5]，嘗學琵琶於穆、曹二善才[6]。年長色衰，委身為賈（gǔ）人婦[7]。遂命酒使快彈數曲，曲罷憫然[8]。自敘少小時歡樂事，今漂淪憔悴，轉徙於江湖間[9]。余出官二年[10]，恬然自安；感斯人言，是夕始覺有遷謫意。因為長歌以贈之，凡六百一十二言[11]，命曰《琵琶行》。

潯陽江頭夜送客[12]，楓葉荻花秋瑟瑟[13]。主人下馬客在船，舉酒欲飲無管絃。醉不成歡慘將別，別時茫茫江浸月。忽聞水上琵琶聲，主人忘歸客不發。尋聲暗問彈者誰，琵琶聲停欲語遲。移船相近邀相見，添酒迴燈重開宴[14]。千呼萬喚始出來，猶抱琵琶半遮面。轉軸撥絃三兩聲[15]，未成曲調先有情。絃絃掩抑聲聲思[16]，似訴平生不得志。低眉信手續續彈[17]，說盡心中無限事。輕攏慢撚抹復挑[18]，初為霓裳後六幺（yāo）[19]。大絃嘈嘈如急雨[20]，小絃切切如私語[21]。嘈嘈切切錯雜彈，大珠小珠落玉盤。間關鶯語花底滑[22]，幽咽流泉水下灘[23]。水泉冷澀絃凝絕，凝絕不通聲漸歇。別有幽愁暗恨生，此時無聲勝有聲。銀瓶乍破水漿迸[24]，鐵騎突出刀槍鳴。曲終收撥當心畫[25]，四絃一聲如裂帛[26]。東船西舫悄無言，唯見江心秋月白。沉吟放撥插絃中，整頓衣裳起斂容[27]。自言本是京城女，家在蝦蟆嶺下住[28]。十三學得琵琶成，名屬教坊第一部[29]。曲罷常教善才伏[30]，妝成每被秋娘妬[31]。五陵年少爭纏頭[32]，一曲紅綃不知數[33]。鈿頭雲篦（bì）擊節碎[34]，血色羅裙翻酒污。今年歡笑復明年，秋月春風等閒度。弟走從軍阿姨死，暮去朝來顏色故[35]。門前冷落車馬稀，老大嫁作商人婦。商人重利輕別離，前月浮梁買茶去[36]。去來江口守空船，繞船明月江水寒。夜深忽夢少年事，夢啼妝淚紅闌干[37]。我聞琵琶已歎息，又聞此語重唧唧[38]。同是天涯淪落人，相逢何必曾相識。我從去年辭帝京，謫居臥病潯陽城。潯陽地僻無音樂，終歲不聞絲竹聲[39]。住近湓城地低濕，黃蘆苦竹繞宅生。其間旦暮聞何物？杜鵑啼血猿哀鳴。春江花朝秋月夜，往往取酒還獨傾[40]。豈無山歌與村笛，嘔啞嘲哳（zhāo zhā）難為聽[41]。今夜聞君琵琶語，如聽仙樂耳暫明。莫辭更坐彈一曲，為君翻作琵琶行[42]。感我此言良久立，卻坐促絃絃轉急[43]。淒淒不似向前聲，滿座重聞皆掩泣。座中泣下誰最多？江州司馬青衫濕[44]。

注釋

1 琵琶行：一作《琵琶引》。2 左遷：即貶官。九江郡：即詩中潯陽、江州，治所在今江西九江。司馬：原為刺史下的武職佐吏，此時已變成安置貶官的閒職。3 湓浦口：湓水入長江處。湓水，今稱龍開河，源於江西青盆山，至九江入長江。4 京都聲：京城流行的聲調。5 倡女：以歌舞演奏為業的樂伎。6 善才：名手。7 委身：出嫁之意。賈人：商人。8 憫然：傷感的樣子。9 轉徙：輾轉遷移。10 出官：即貶官。[11] **六百一十二言**：此詩實為六百一十六字。[12] **潯陽江**：長江在今九江市附近的一段。[13] **瑟瑟**：風吹草木之聲。一作「索索」。[14] **迴燈**：指添油撥芯，使燈重新明亮。[15] **轉軸**：即定絃。軸，指琵琶上調整琴絃鬆緊的木把手。[16] **掩抑**：指琵琶聲起伏低昂。[17] **信手**：隨手。[18] **攏**、**撚**：彈琵琶的左手指法，攏是叩絃，撚是揉絃。**抹**、**挑**：彈琵琶的右手用撥子的指法，抹是順手下撥，挑是反手回撥。[19] **霓裳**：《霓裳羽衣曲》。**六幺**：本作「錄要」，又叫「綠腰」，為京都流行的曲子。[20] **大絃**：琵琶絃有粗細，最粗的稱大絃，音低而沉。**嘈嘈**：沉重舒長聲。[21] **小絃**：最細的絃，音尖而細。**切切**：急促細碎聲。[22]「**間關**」句：形容樂聲流暢輕快，如同鶯聲從花下滑過。間關，鳥鳴聲。[23]「**幽咽**」句：形容樂聲澀咽沉重，如同泉水滯留在灘石之下。水下灘，一作「水下難」。[24]「**銀瓶**」句：形容樂聲暫歇後突然發出激烈的聲音。銀瓶，汲水瓶。乍，突然。[25] **撥**：彈琵琶用的撥片。**當心畫**：用撥片掃過幾根絃，以示結束。[26] **裂帛**：指樂聲如撕裂帛的聲音。[27] **斂容**：指琵琶女從音樂中恢復過來，臉色重又嚴肅矜持。[28] **蝦蟆嶺**：在長安東南，為歌女聚居之處。據說此地原為漢儒董仲舒墓，門人過此須下馬，故稱「下馬嶺」，後訛為「蝦蟆嶺」。[29] **教坊**：唐代掌管音樂、歌舞、雜技藝人的機構。**第一部**：第一隊，意指最優秀的演奏隊。[30]「**曲罷**」句：形容演奏技藝高超。教，使得。[31]「**妝成**」句：自己貌美，被同行嫉妒。秋娘，唐代歌舞伎的通稱。[32] **五**

陵年少：指豪門子弟。五陵是長安城外五個漢代皇帝的陵墓所在地，為豪門貴族居住區。纏頭：贈送的錦帛綾羅。藝伎演出時以錦纏頭，客人便以纏頭之錦為贈禮，後成為專送歌舞伎的禮物，稱「纏頭彩」。33 紅綃：紅色的絲織品。34 鈿頭雲篦：鑲嵌金絲和珠寶的梳篦。雲，一作「銀」。擊節碎：因打拍子而打碎了。35 顏色故：姿色衰老。36 浮梁：在今江西景德鎮，唐時為茶葉集散地。37 妝淚紅闌干：淚水流過帶着脂粉的臉，紅淚縱橫。38 唧唧：歎息聲。39 絲竹：管樂和絃樂。40 獨傾：獨飲。41 嘔啞嘲哳：形容樂聲雜亂刺耳。42 翻：依曲作辭。43 卻坐：退回坐下。促絃：擰緊絃子。44 青衫：唐時八、九品文官着青衣。白居易為江州司馬，品級是最低的九品將仕郎，故穿青衫。

賞析與點評

此敘事長詩，詩序中雖說為「感斯人言」而作，但其實是詩人藉題發揮，通過對琵琶女的身世描寫，以「同是天涯淪落人」為中心，極寫琵琶曲的奇音妙韻，藉以抒發其忠而見謗，貶謫江州的失望與憤懣。此詩以對琵琶曲的精妙描寫而著名，詩人將聆聽音樂之感與身世之感巧妙結合，把琵琶女的不幸身世及現實感受和自身的命運及不平高度融合，互為烘託，相得益彰。情節曲折，層次分明，描寫細緻，如行雲流水，一氣貫注，具有極強的藝術感染力。

李商隱

李商隱（八一三—八五八），字義山，號玉谿生，懷州河內（今河南沁陽）人。大和年間，為天平節度使令狐楚賞識，辟為巡官，並親授駢文。開成二年（八三七）因令狐楚之子令狐綯之薦，登進士第。因無端捲入「牛、李黨爭」，一生困頓，沉淪下潦，英年而卒。

李商隱是晚唐詩壇之巨擘，與杜牧齊名，人稱「小李杜」。他又與溫庭筠、段成式以駢文著名，三人皆排行十六，故時號「三十六體」。李商隱之七律、七絕最受人稱道，其七律「襞績重重，長於諷諭，中有頓挫沉着可接武少陵者」（沈德潛《唐詩別裁集》），其七絕「寄託深而措詞婉，實可空百代無其匹」（葉燮《原詩》）。吳喬評曰：「於李、杜、韓後，能別開生路、自成一家者，唯李義山一人。」（《圍爐詩話》）今有《李義山詩集》六卷，《全唐詩》編其詩三卷。

韓碑[1]

元和天子神武姿[2]，彼何人哉軒與羲[3]。誓將上雪列聖恥[4]，坐法宮中朝四夷[5]。淮西有賊五十載[6]，封狼生貙（chū）貙生羆（pí）[7]。不據山河據平地，長戈利矛日可麾。[8]帝得聖相相曰度[9]，賊斫（zhuó）不死神扶持[10]。腰懸相印作都統[11]，陰風慘澹天王旗[12]。愬（sù）武古通作牙爪[13]，儀曹外郎載筆隨[14]。行軍司馬智且勇[15]，十四萬眾猶虎貔（pí）[16]。入蔡縛賊獻太廟[17]，功無與讓恩不訾（zī）[18]。帝曰汝度功第一，汝從事愈宜為辭[19]。愈拜稽（jǐ）首蹈且舞[20]，金石刻畫臣能為[21]。古者世稱大手筆[22]，此事不繫於職司。當仁自古有不讓[23]，言訖屢頷（hàn）天子頤[24]。公退齋戒坐小閣[25]，濡染大筆何淋漓。[26]點竄堯典舜典字，塗改清廟生民詩。[27]文成破體書在紙[28]，清晨再拜鋪丹墀[29]。表曰臣愈昧死上[30]，詠神聖功書之碑。碑高三丈字如斗，負以靈鼇（áo）蟠以螭（chī）[31]。句奇語重喻者少[32]，讒之天子言其私。[33]長繩百尺拽碑倒，麄（cū）砂大石相磨治。[34]公之斯文若元氣，先時已入人肝脾。[35]湯盤孔鼎有述作，今無其器存其辭。[36]嗚呼聖王及聖相，相與烜（xuān）赫流淳熙[37]。公之斯文不示後，曷（hé）與三五相攀追。[38]願書萬本誦萬遍，口角流沫右手胝（zhī）[39]。傳之七十有二代，以為封禪玉檢明堂基。[40]

注釋

1韓碑：指韓愈所作《平淮西碑》。唐憲宗元和十二年（八一七）十月，丞相裴度率軍討平反叛的淮西藩鎮吳元濟，節度使李愬雪夜入蔡州，生擒吳元濟。十二月，詔命韓愈撰《平淮西碑》。因碑文中突出了裴度之功，引起李愬的不滿。而李愬妻是唐安公主之女，故得入宮向憲宗陳述碑文不實。於是詔令磨去韓愈碑文，命翰林學士段文昌重撰勒石。比較兩篇碑文，韓碑比較客觀地評述了裴度與李愬在戰爭中的作用和功績，且文學價值也遠勝段碑。2元和天子：指唐憲宗。元和，憲宗的年號。3彼何人哉：語出《孟子・滕文公》：「舜何人也，予何人也。」軒與義：軒指軒轅氏黃帝，義指伏羲氏。此泛指三皇五帝。4列聖恥：指憲宗之前的幾個皇帝在平叛戰爭中的失敗。5宮：皇帝處理政事的宮殿。朝四夷：接受四方邊遠之地使節的朝見。6五十載：自唐代宗寶應元年（七六二）李忠臣任淮西節度使，鎮蔡州（今河南汝南）起，經過李希烈、陳仙奇、吳少誠、吳少陽至吳元濟的割據，達五十餘年。7封狼：大狼。貙：似貍。羆：似熊。皆為猛獸，用來比喻藩鎮兇狠殘暴，幾代相承。8「不據」二句：藩鎮自恃兵強將勇，不必據山河之險，竟然在平原地區公然對抗朝廷。日可麾，典出《淮南子・覽冥訓》：「魯陽公與韓構戰酣，日暮，援戈而揮之，日為之反三舍。」麾，同「揮」。此處用來比喻對抗朝廷軍隊反叛作亂。9度：指裴度。10賊斫不死：當時宰相武元衡、御史中丞裴度堅決主張出兵平定淮西，而節度使王承宗、李師道則要求赦免吳元濟，以避免戰事，朝中鬥爭激烈。元和十年（八一五）六月，李師道派刺客暗殺武元衡和裴度，武身死非命，而裴受傷，僥倖未死，後任為宰相。斫，砍。神扶持：天神保佑之意。[11] 都統：指行營都統，為討伐藩鎮軍隊的軍事首領。[12] 陰風：秋風。天王旗：皇帝的旗幟。裴度赴淮西時，已是秋天，憲宗親臨通化門送行。[13] 愬：指鄧隨節度使李愬。武：指淮西都統韓弘之子韓公武。古：指鄂岳觀察使李道古。通：指壽州團練使李文通。此四人皆為裴度的部將。牙爪：即爪牙，得力助手之意。[14] 儀曹外郎：儀曹，指禮部郎中；外郎，當時司勛員外郎李正封、都官員外郎馮宿、禮部員外郎李宗閔都隨軍出征，任書記。[15] 行軍司馬：指以太子右庶子的身份為軍中行軍司馬的韓愈。[16] 貔：貔貅，傳說中的猛獸。[17] 入蔡：十月十五日，李愬攻入蔡州；十七日，擒吳元濟。獻太廟：吳元濟被解押至京，獻於太廟，後斬於獨柳樹。[18]「功無」句：裴度之功自然當仁不讓，而皇帝的恩遇也不可估量。訾，估量。[19] 從事：州郡長官的幕僚都稱從事。韓愈時為行軍司馬，也可稱從事。宜為辭：適宜作為碑銘。指韓愈奉詔撰《平淮西碑》。[20] 稽首：叩頭。[21] 金石刻畫：指為鐘鼎碑碣而寫的歌功頌德之文。[22] 大手筆：指朝廷重要的詔令文書，也可代指著名的作家。[23]「當仁」句：語出《論語．衛靈公》：「當仁不讓於師。」韓愈《進撰平淮西碑文表》曰：「茲事至大，不可以輕屬人。」即有當仁不讓之意。[24] 言訖：說完。屢頷天子頤：天子頻頻點頭。25 公：指韓愈。齋戒：原指祭祀前表示虔誠的儀式。此處形容韓愈寫文章前鄭重嚴肅的態度。26「濡染」句：形容韓愈寫文章酣暢淋漓。27「點竄」二句：韓愈的碑文追摹古代典誥雅頌之意。點竄，運用。堯典、舜典，都是《尚書》的篇名。塗改，也是運用之意。清廟、生民，《詩經》中的篇名。28 破體：韓愈之文意韻獨創，破當時之文體。又一說，行書的一種。29 再拜：一種禮節。30 表：指韓愈所作《進撰平淮西碑文表》。臣愈昧死上，引用表中的話。古時臣下上書多用此語，以示敬畏。昧死，冒死。31 靈鼇：即靈龜。蟠：盤旋。螭：神龍。古時碑石下雕大龜以負碑，碑上刻着盤旋的龍紋作裝飾。32 喻者：讀懂碑文的人。33「讒之」句：指李愬之妻進宮向皇帝述説碑文不實之事。34「長繩」二句：指皇帝命推倒韓碑，磨去文字，讓段文昌重撰碑文事。35「公之」二句：韓愈的碑文早已深入人心。元氣，不可傷損的天然之氣。36「湯盤」二句：意謂韓碑就像湯盤孔鼎一樣，器物雖已不存，但文字能流傳下去。湯盤，商湯沐浴之盤，其銘文見《禮記．大學》。孔鼎，孔子祖先正考父之鼎，其銘文見《左傳．昭公七年》。有述作，指盤鼎上都有文字。37 烜赫：顯耀。淳熙：耀眼的光輝。38「公之」二句：韓碑如果不能流傳後世，那憲宗的功績又如何與三皇五帝相承接。示後，讓後人看見。曷，怎麼。三五，指三皇五帝。39 胝：即老繭。此用作動詞，起老繭。40「傳之」二句：韓碑就像封禪時明堂的基石一樣，一代代地流傳下去。七十二代，《史記．封禪書》：「古者封泰山、禪梁父者七十二家。」封禪，古時帝王稱揚功業的祭祀儀式。玉檢，封禪書的封套。明堂，天子接見諸侯、舉行祭祀的場所。

賞析與點評

本詩夾議夾敍，結構森嚴，主從得宜，語言簡潔，不避虛詞，多用拗句、拗調，筆力雄健，奇崛而不險怪。

樂府　十二首

七古樂府，每首詩，除大多數句子為七個字外，句數長短不拘。既有沿用樂府舊題寫邊塞軍旅生活的，也有承古意，用古調卻能創為新聲的，還有唐代的新樂府辭。

高適

高適（約七〇〇—七六五），字達夫，一字仲武，渤海蓨（tiáo），今河北省景縣）人，居住在宋中（今河南商丘一帶）。少孤貧，愛交遊，有遊俠之風。天寶八載（七四九），經睢陽太守張九皋推薦，應舉中第，授封丘尉。安史亂後屢為刺史節鎮，廣德中以左散騎常侍封渤海侯，世稱「高常侍」。永泰元年（七六五）卒，贈禮部尚書，謚號忠。高適是盛唐時期「邊塞詩派」的領軍人物，與岑參並稱「高岑」。其詩「多胸臆語，兼有氣骨」（唐殷璠《河嶽英靈集》），不尚雕飾，以七言歌行最富特色。大多寫邊塞生活，「雄渾悲壯」是其邊塞詩的突出特點。有《高常侍集》等傳世，《全唐詩》編其詩四卷。

燕歌行[1] 並序

開元二十六年，客有從元戎出塞而還者[2]，作《燕歌行》以示適。感征戍之事，因而和焉[3]。

漢家煙塵在東北[4]，漢將辭家破殘賊。男兒本自重橫行[5]，天子非常賜顏色[6]。摐（chuāng）金伐鼓下榆關[7]，旌旗逶迤碣石間[8]。校尉羽書飛瀚海[9]，單于獵火照狼山[10]。山川蕭條極邊土[11]，胡騎憑陵雜風雨[12]。戰士軍前半死生，美人帳下猶歌舞。大漠窮秋塞草衰[13]，孤城落日鬬兵稀。身當恩遇常輕敵[14]，力盡關山未解圍。鐵衣遠戍辛勤久[15]，玉筯（zhù）應啼別離後[16]。少婦城南欲斷腸，征人薊北空回首[17]。邊風飄颻那可度[18]，絕域蒼茫更何有？殺氣三時作陣雲[19]，寒聲一夜傳刁斗[20]。相看白刃血紛紛，死節從來豈顧勛[21]。君不見沙場征戰苦，至今猶憶李將軍[22]。

注釋

1 燕歌行：樂府舊題，為曹丕所創，多寫邊塞苦寒或思婦、征夫的內容。2 元戎：主帥。一作「御史大夫張公」，指河北節度副使張守珪。據《舊唐書·張守珪傳》記載，開元二十六年（七三八），張守珪之部伍戰敗，張卻反稱大勝。3 和：作詩相答。4 漢家：唐時人常以漢喻唐。此指唐朝。5 橫行：在疆場縱橫馳騁。6 非常：破格。賜顏色：給予恩遇。7 摐：擊打。金：指鉦，一種行軍樂器。榆關：山海關。8 碣石：山名，在今河北昌黎。此泛指東北濱海地區。9 校尉：武將官名。此處泛指將領。10 狼山：一在今內蒙古烏拉特旗，一在河北易縣。此泛指敵軍活動地區。11 極邊土：直到邊境的盡頭。12 憑陵：侵淩、衝擊。13 窮秋：深秋。14 輕敵：蔑視敵軍。15 鐵衣：鎧甲，此借指遠征戰士。16 玉筯：比喻眼淚，此借指閨中少婦。17 薊北：在今天津薊縣，此泛指邊境。18 飄颻：遙遠。19 三時：指一天的早、午、晚三時。20 刁斗：軍中銅製飲具，夜間用以巡夜打更。21 死節：為國家而死。22 李將軍：指西漢名將李廣。李廣號飛將軍，鎮守邊境，與士卒同甘共苦，匈奴數年不敢犯境。

賞析與點評

這是一首和詩，原詩已佚。序所記乃是此詩的緣起，但此詩並非針對某次戰爭而發，而是詩人結合了自身邊塞生活的體驗，抒發對邊疆征戰的認識與感受。思想深刻，形式新穎，為唐代邊塞詩的名篇。

李頎

古從軍行[1]

白日登山望烽火，黃昏飲馬傍交河[2]。行人刁斗風沙暗[3]，公主琵琶幽怨多[4]。
野雲萬里無城郭，雨雪紛紛連大漠[5]。胡雁哀鳴夜夜飛，胡兒眼淚雙雙落。聞道
玉門猶被遮，應將性命逐輕車。[6]年年戰骨埋荒外，空見蒲萄入漢家！[7]

注釋

1 從軍行：古樂府《相和歌辭．平調曲》舊題，多寫軍旅生活。2 交河：在今新疆吐魯番，唐時為安西都護府治所。3 刁斗：古代軍中銅製炊具，夜間用以打更。4 公主琵琶：漢武帝時，江都王女細君遠嫁烏孫國王昆彌，為消除旅途愁悶，讓樂工帶上多種樂器，為「馬上之樂」，琵琶亦是其中之一。5 雨雪：即下雪。雨，作動詞。6「聞

道」二句：聽說玉門關還關閉着，不能回家，只能跟着將軍去拚命。玉門，玉門關，在今甘肅敦煌西，為古時通西域之要道。7「年年」二句：一年年將士的死戰犧牲，只換得葡萄進入了皇家宮廷。

賞析與點評

詩人無塞外經歷，仕履亦與邊地無涉，此詩乃是擬古之作。詩人以蒼黝的意象疊加，渲染邊塞荒涼淒苦的環境氛圍，胡雁哀鳴，胡兒淚落，對少數民族無辜罹兵禍寄予無限同情。通過漢、胡兩軍悲苦幽怨的相互映襯，與荒外白骨、漢家葡萄的強烈對比，諷刺唐玄宗窮兵黷武，不顧將士生死。

王維

洛陽女兒行[1]

洛陽女兒對門居[2]，纔可容顏十五餘[3]。良人玉勒乘驄馬[4]，侍女金盤膾（kuài）鯉魚[5]。畫閣珠樓盡相望，紅桃綠柳垂簷向。羅幃送上七香車[6]，寶扇迎歸九華帳[7]。狂夫富貴在青春[8]，意氣驕奢劇季倫[9]。自憐碧玉親教舞[10]，不惜珊瑚持與人[11]。春窗曙滅九微火，九微片片飛花璅（suǒ）[12]。戲罷曾無理曲時，妝成只是熏香坐[13]。城中相識盡繁華，日夜經過趙李家[14]。誰憐越女顏如玉[15]，貧賤江頭自浣紗。

注釋

1 原題下注「時年十六」（一作十八）。洛陽女兒：語出梁武帝《河中之水歌》：「河中之水向東流，洛陽女兒名莫愁。」2 **對門居**：語出梁武帝《東飛伯勞歌》：「誰家女兒對門居，開顏髮豔照里閭。」3 **纔可**：恰好。4 **驄馬**：青白色的馬。5 **金盤膾鯉魚**：語出辛延年《羽林郎》：「就我求珍肴，金盤膾鯉魚。」膾，把肉切細。6 **七香車**：指豪華的車子。7 **寶扇**：古時貴人家出行所用遮蔽物，用鳥羽編成。**九華帳**：裝飾鮮豔的花羅帳。8 **狂夫**：古時妻子自稱其丈夫的謙詞。9 **劇**：甚，超過。**季倫**：晉石崇，字季倫，其家豪富，曾與貴戚王愷、羊琇等比富。10 **憐**：愛。**碧玉**：據説碧玉為汝南王妾，深得寵愛。此借指「洛陽女兒」。11 **珊瑚**：用石崇與王愷鬥富打碎珊瑚樹的典故，比喻丈夫愛她，不惜一擲千金。12 **「春窗」二句**：寫通宵娛樂，到天明才滅燈火。九微片片，指燈花。九微，喻燈具之高雅精美。花瑣，雕花窗格。13 **「戲罷」二句**：醉心歡樂，都無暇溫習曲子；梳妝好，就坐等熏好衣服。曾無，從無。理，溫習。熏香，用香料熏衣服。14 **趙李家**：泛指貴戚之家。15 **越女**：指西施。

賞析與點評

這是一首用傳統比興方法寫出的諷喻詩，抒發懷才不遇的憤懣情懷。辭采華麗，音調諧婉，寓意幽遠。

老將行[1]

少年十五二十時，步行奪得胡馬騎。射殺山中白額虎[2]，肯數鄴下黃鬚兒[3]。一身轉戰三千里，一劍曾當百萬師。漢兵奮迅如霹靂[4]，虜騎奔騰畏蒺藜[5]。衛青不敗由天幸[6]，李廣無功緣數奇（jī）[7]。自從棄置便衰朽，世事蹉跎成白首[8]。昔時飛箭無全目[9]，今日垂楊生左肘[10]。路旁時賣故侯瓜[11]，門前學種先生柳[12]。蒼茫古木連窮巷，寥落寒山對虛牖（yǒu）[13]。誓令疏勒出飛泉[14]，不似潁川空使酒[15]。賀蘭山下陣如雲[16]，羽檄交馳日夕聞[17]。節使三河募年少[18]，詔書五道出將軍[19]。試拂鐵衣如雪色[20]，聊持寶劍動星文[21]。願得燕弓射大將[22]，恥令越甲鳴吾君[23]。莫嫌舊日雲中守，猶堪一戰立功勛。[24]

注釋

1 此篇為新樂府辭。2 白額虎：晉名將周處年輕時為鄉里除三害，入南山射殺白額虎（三害之一）。3 肯數：「豈讓」之意。鄴下：曹操為魏王時，定都於鄴，在今河北臨漳縣西南。黃鬚兒：即曹彰，曹操第二子。他性格慷慨剛猛，善騎射，因鬍鬚黃，故曹操稱為「黃鬚兒」。4 霹靂：疾雷聲，此處形容軍兵作戰迅猛。5 蒺藜：本為帶刺的植物，此指鐵蒺藜，對陣時用作障礙物。6 衛青：漢之名將，以征伐匈奴而至大將軍。**天幸**：上天保佑。事見《史記．衛將軍驃騎列傳》。衛青姐姐的兒子霍去病出兵匈奴時，曾領兵深入匈奴境內，卻能不受損失，多立戰功，實有天幸。此本霍去病事，王維稱衛青，是因衛、霍往往並稱之故。7 **數奇**：運數不偶，即不吉利、不走運。此事見《史記．李將軍列傳》。李廣戍邊多年，屢立戰功，卻始終沒有封侯。隨衛青出征時，漢武帝認為他年高，暗示衛青不要讓李廣出戰，怕不吉利。8 **白首**：白髮滿頭，指年老。9 **無全目**：比喻射術精湛，能使鳥雀雙目不全。10「今日」句：老將年老，肘下肌肉松垂，如肉瘤一般。柳，「瘤」之假借字，肉瘤之意。古時楊、柳常合稱並用，故王維在此處用「垂楊」代指「柳」。11 **故侯瓜**：典出《史記．蕭相國世家》。召平本為秦之東陵侯，後為平民，因家貧，種瓜自養。瓜味甘美，世稱「東陵瓜」。12 **先生柳**：陶淵明棄官隱居，因門前有五棵柳樹，自號「五柳先生」。13 **虛牖**：敞開的窗。14「誓令」句：此句典出《後漢書．耿弇傳》。後漢將軍耿弇出兵疏勒城，匈奴圍之，絕城下澗水。耿弇在城中挖井十五丈，仍不見水，後向井祈禱而得水。疏勒，漢疏勒城，在今新疆什噶爾。15 **潁川空使酒**：事見《史記．魏其武安侯列傳》：漢將軍灌夫，潁川潁陽（今河南許昌）人，為人剛直，得勢後使酒罵人，得罪丞相田蚡而被殺。使酒，縱酒使氣。16 **賀蘭山**：在今寧夏西北部，唐時為前線。17 **羽檄**：軍中加急文書。18 **三河**：漢時以河東、河內、河南為三河，轄境在今山西西南部和河南北部一帶。[19] 五道出將軍：典出《漢書・常惠傳》：「漢大發十五萬騎，五將軍分道出。」此即謂將軍帶兵分五路出擊。[20] 鐵衣：盔甲。[21] 聊：且。動星文：指劍上七星紋飾閃光流動。[22] 燕弓：古時燕地所產的弓以堅勁著名，故硬弓又稱燕弓。[23]「恥令」句：老將抱定必死的決心。越甲，越國軍隊。鳴吾君，驚擾我的國君。[24]「莫嫌」句：老將希望復出，被委以重任。舊日雲中守，指漢名將魏尚。雲中，漢郡名，治所在今內蒙古托克托。

賞析與點評

此詩描寫老將的人生境遇，多用典實，以漢喻唐，以英雄寫英雄，塑造出勇武韜略、屢屢為國立功的英雄形象，以及身處逆境，始終不忘報國之志的品格，並且生動地揭示出因統治者賞罰不明，老將屢戰無功，最後悲守窮廬的悽慘晚景。全詩結構謹嚴，剛健雄勁，抑揚開闔，錯落轉換，全以氣盛。

李白

蜀道難[1]

噫吁嚱（xī）[2]，危乎高哉！蜀道之難，難於上青天！蠶叢及魚鳧（fú），開國何茫然。[3] 爾來四萬八千歲[4]，不與秦塞通人煙[5]。西當太白有鳥道[6]，可以橫絕峨眉巔[7]。地崩山摧壯士死，然後天梯石棧方鉤連。[8] 上有六龍迴日之高標，[9] 下有衝波逆折之迴川[10]。黃鶴之飛尚不得過，猿猱（yuán náo）欲度愁攀緣。[11] 青泥何盤盤[12]，百步九折縈巖巒[13]。捫參（shēn）歷井仰脅息[14]，以手撫膺坐長歎[15]。問君西遊何時還[16]，畏途巉巖不可攀[17]。但見悲鳥號古木[18]，雄飛雌從繞林間。又聞子規啼夜月[19]，愁空山。蜀道之難，難於上青天，使人聽此凋朱顏[20]。連峯去天不盈尺[21]，枯松倒掛倚絕壁。飛湍（tuān）瀑流爭喧豗（huī）[22]，砯（pīng）崖轉石萬壑雷[23]。其險也若此，嗟爾遠道之人胡為乎來哉[24]。劍閣崢嶸而崔嵬[25]，一夫當關，萬夫莫開。所守或匪親，化為狼與豺。[26]朝避猛虎，夕避長蛇，磨牙吮血，殺人如麻。[27]錦城雖云樂[28]，不如早還家。蜀道之難，難於上青天，側身西望長咨嗟[29]。

注釋

1 蜀道難：原為樂府《相和歌．瑟調曲》的舊題，備言蜀道之險阻。蜀道：指入四川的山路。2 噫吁嚱：驚歎聲。3「蠶叢」二句：蜀國開國史事，久遠難知。蠶叢、魚鳧，皆是傳說中古蜀國的國王。茫然，渺茫難知。4 爾來：自那時以來。5 秦塞：秦地，今陝西一帶。6 太白：太白山，秦嶺主峯。鳥道：指極險窄的山路，僅容鳥飛過。7 峨眉巔：峨眉山頂。8「地崩」二句：相傳秦惠王贈五美女給蜀王，蜀王派五力士迎回。走至梓潼，見一大蛇入穴中，五力士共拉蛇尾使出，忽然山崩，力士、美女皆壓死。從此山分五嶺，秦蜀之間通道始得以開通。此二句即詠其事。9「上有」句：意謂蜀中山極高，連六龍日車也被阻擋，只能迴車。高標，指高山。10 迴川：迂曲的河流。11「黃鶴」二句：狀言山之高險。黃鶴，即黃鵠，最善高飛。猨猱，統指猿猴一類。12 青泥：青泥嶺，入蜀要道，在今陝西略陽。盤盤：形容盤旋曲折。13 縈巖巒：指曲折的山路在山巒中迴繞。14 捫參歷井：是說因山路極高，可以摸到天上的星宿。參和井都是天上的星宿。古時以星宿分野，來劃分地上區域。參為蜀的分野，井為秦的分野。**脅息**：屏住呼吸。15 **膺**：胸部。16 **西遊**：因蜀在秦之西，故入蜀稱西遊。17 **巉巖**：險峻山巖。18 **號**：悲鳴。19 **子規**：杜鵑鳥，相傳是蜀帝杜宇魂魄所化，蜀中最多，鳴聲悲哀。20 **凋朱顏**：容顏衰老。21 **去**：離。**盈**：滿。22 **喧豗**：喧鬧聲。23 **砯崖轉石**：水在峭岸巖石上往復衝擊。24 **爾**：你。**胡為乎來哉**：為甚麼啊要來呀！25 **劍閣**：即劍門關，為川北門戶，在今四川劍閣縣北。地在兩山之間，易守難攻。**崢嶸而崔嵬**：山巒險峻的樣子。26 **「所守」二句**：如果守關之人不是可靠良善之人，那就同遇着豺狼一樣。27 **「殺人」以上四句**：行於蜀道，既要躲避毒蛇猛獸，還要防備殺人強盜。28 **錦城**：今四川成都。古時以產錦聞名，故稱錦城，或錦官城。29 **咨嗟**：歎息。

賞析與點評

詩人承古意，用古調，創為新聲。以嗟歎起、嗟歎結，三言蜀道之難，才思放肆，變幻恍惚，盡脫蹊徑，妙在起伏。以「奇」貫穿全詩，「爾來四萬八千歲」妙在跌宕，「連峯去天不盈尺」，妙於無理。全詩險難與奇偉交融，形成雄健奔放的氣勢。

長相思　二首[1]

其一

長相思，在長安。絡緯秋啼金井闌[2]，微霜凄凄簟（diàn）色寒[3]。孤燈不明思欲絕，捲帷望月空長歎。美人如花隔雲端[4]。上有青冥之長天，下有淥水之波瀾。天長地遠魂飛苦，夢魂不到關山難[5]。長相思，摧心肝。

注釋

1 長相思：古代樂府中屬《雜曲歌辭》，多以「長相思」起首，末以三字作結，詠男女相思纏綿之意。2 絡緯：一種昆蟲，又叫莎雞，俗稱紡織娘。金井闌：精緻的井邊欄杆。3 簟：竹席。4 美人：指所思念的人。5 關山難：指道路艱險難行。

其二

日色欲盡花含煙[1]，月明如素愁不眠[2]。趙瑟初停鳳凰柱[3]，蜀琴欲奏鴛鴦絃[4]。此曲有意無人傳，願隨春風寄燕然[5]，憶君迢迢隔青天。昔時橫波目，今為流淚泉。不信妾腸斷，歸來看取明鏡前。

注釋

1 花含煙：花叢中繚繞着水霧。2 素：白絹。3 趙瑟：相傳古時趙國人善於彈瑟，故此稱趙瑟。鳳凰柱：刻成鳳凰形狀的瑟柱。4 蜀琴：據說蜀中桐木適宜做琴，故古詩中好琴往往稱作蜀琴。5 燕然：燕然山，即今蒙古人民共和國境內之杭愛山。此指丈夫征戍之地。

賞析與點評

李白所作《長相思》共三首，此處選了兩首，二首並非同時之作，前一首是男思女，用秋聲秋景感物而起，層層渲染氣氛，纏綿情意中融和悽惻無奈的相思之苦。詩中極思美人而不得，或有人解為太白望君之思。第二首是女思男，望月鼓瑟，春風不解情，美目作淚泉。體察入微，形象的比喻，豐富的聯想，道來自然，體現出深長的戀思。

行路難[1]

金樽清酒斗十千[2]，玉盤珍羞直萬錢[3]。停杯投筯不能食[4]，拔劍四顧心茫然。

欲渡黃河冰塞川，將登太行雪暗天[5]。閒來垂釣坐溪上，忽復乘舟夢日邊。[6]行路難，行路難，多歧路，今安在？長風破浪會有時[7]，直掛雲帆濟滄海[8]。

注釋

1 李白此題下原有三首，這是第一首。行路難：樂府《雜曲歌辭》之舊題，以言世路艱難以及離別傷悲為內容。2 斗十千：一斗酒值十千錢，極言酒好價高。3 珍羞：珍貴的菜肴。羞，同「饈」。直：同「值」。4 筯：筷子。5 太行：太行山。6「閒來」二句：用兩個典故，比喻人生遇合無常。垂釣坐溪上，傳說姜太公未遇周文王時，曾在渭水磻溪垂釣。乘舟夢日邊，傳說伊尹見商湯前，曾夢見乘舟經過日月邊。7 長風破浪：據《宋書·宗慤傳》記載，宗慤在回答叔父宗炳志向是甚麼的提問時，答道：「願乘長風破萬里浪。」8 雲帆：此指大海中的航船。濟：渡。滄海：大海。

將（qiāng）進酒[1]

君不見黃河之水天上來，奔流到海不復回。君不見高堂明鏡悲白髮，朝如青絲暮成雪。人生得意須盡歡，莫使金樽空對月。天生我材必有用，千金散盡還復來。

烹羊宰牛且為樂，會須一飲三百杯[2]。岑夫子，丹丘生[3]，將進酒，杯莫停。與君歌一曲，請君為我傾耳聽。鐘鼓饌（zhuàn）玉不足貴，但願長醉不復醒。古來聖賢皆寂寞，唯有飲者留其名。陳王昔時宴平樂，斗酒十千恣歡謔（xuè）。[4]主人何為言少錢？徑須沽取對君酌。五花馬，千金裘[5]，呼兒將出換美酒[6]，與爾同銷萬古愁。

注釋

1 將進酒：樂府《鼓吹曲．漢鐃歌》的舊題，本以歡宴飲酒放歌為內容。將，請。2 會須：正應該。3 岑夫子：即岑勛，南陽人。丹丘生：即元丹丘。二人都是李白之友。4「陳王」二句：化用曹植《名都篇》：「歸來宴平樂，美酒斗十千。」陳王，指三國魏之曹植，被封陳王。恣，任意。歡謔，歡笑。5 五花馬：指名貴的馬。唐開元、天寶時，好馬的鬃毛都被剪成花瓣形，三瓣稱三花，五瓣稱五花。6 將出：取出。

賞析與點評

太白喜酒，並長於藉酒抒懷。詩以奔放的筆調，傲岸不羈的豪情，狂吟高歌，既有人生幾何、行樂及時，聖賢寂寞、飲者留名的絕對消極，又有「天生我材必有用」的相對積極。以睥睨權貴、棄絕世俗的氣概，在醉鄉中實現對不如意現實的超越。

杜甫

兵車行

車轔轔[1]，馬蕭蕭[2]，行人弓箭各在腰[3]。耶孃妻子走相送[4]，塵埃不見咸陽橋[5]。牽衣頓足攔道哭，哭聲直上干雲霄[6]。道旁過者問行人[7]，行人但云點行（háng）頻[8]。或從十五北防河[9]，便至四十西營田[10]。去時里正與裹頭[11]，歸來頭白還戍邊。邊庭流血成海水，武皇開邊意未已[12]。君不聞漢家山東二百州[13]，千村萬落生荊杞。縱有健婦把鋤犁，禾生隴畝無東西[14]。況復秦兵耐苦戰[15]，被驅不異犬與雞。長者雖有問[16]，役夫敢伸恨？[17]且如今年冬，未休關西卒[18]。縣官急索租，租稅從何出？信知生男惡，反是生女好[19]。生女猶得嫁比鄰，生男埋沒隨百草。君不見青海頭[20]，古來白骨無人收。新鬼煩冤舊鬼哭，天陰雨濕聲啾啾！

注釋

1 **轔轔**：車行聲。2 **蕭蕭**：馬鳴聲。3 **行人**：行役之人。4 **耶孃**：同爺娘。**妻子**：妻子和兒女。5 **咸陽橋**：在咸陽西南渭水上，秦漢時稱「便橋」，為出長安西行必經之地。6 **干**：沖。7 **過者**：杜甫自稱。8 **點行**：按丁籍徵發差役。以下是行人的答話。9 **防河**：亦稱防秋，即調集軍隊守禦河西，以防吐蕃於秋季侵犯騷擾。10 **營田**：屯田，戍邊軍士戰時作戰，平時種田。11 **里正**：唐時每百戶為一里，設里正一人，管理農桑、賦役、戶籍等事。**與裹頭**：古時人以皂羅三尺裹頭做頭巾。因應徵者年紀太小，故里正替他裹頭。12 **「武皇」句**：有諷刺唐玄宗黷武之意。武皇，指漢武帝。此隱喻唐玄宗。13 **山東**：指華山以東。14 **無東西**：指莊稼長得不成行列，難辨東西。15 **秦兵**：即關中之兵，最善勇戰。16 **長者**：行人對杜甫的尊稱。17 **役夫**：行人自稱。**敢**：豈敢。18 **關西卒**：函谷關以西的士卒，即秦兵。19 **信知**：真正明白。意謂戰爭改變做父母的重男輕女的觀念。20 **青海頭**：青海邊。唐時與吐蕃大戰，多於青海附近。

賞析與點評

此詩之時代背景一說為哥舒翰用兵吐蕃，一說為楊國忠征南詔。但其實詩人這首「即事命篇」的名作內容可說是不限於一時一地，而是集中地反映了玄宗時期窮兵黷武、連年征戰所造成內郡凋蔽、民不聊生的社會現實。詩人卓越的藝術能力表現在詩歌的語言、結構等方面，「設為問答，聲音節奏，純從古樂府來」，「以人哭始，以鬼哭終，照應在有意無意之間」（《唐詩別裁集》），而強烈的抒情色彩和高度的歷史概括力更見其功力。

麗人行

三月三日天氣新[1]，長安水邊多麗人。態濃意遠淑且真[2]，肌理細膩骨肉勻[3]。繡羅衣裳照暮春，蹙金孔雀銀麒麟。[4]頭上何所有？翠微㔩（è）葉垂鬢唇[5]。背後何所見？珠壓腰衱（jié）穩稱身[6]。就中雲幕椒房親[7]，賜名大國虢與秦[8]。紫駝之峯出翠釜[9]，水精之盤行素鱗[10]。犀筯厭飫（yù）久未下[11]，鸞刀縷切空紛綸[12]。黃門飛鞚不動塵，御廚絡繹送八珍[13]。簫鼓哀吟感鬼神，賓從雜遝實要津[14]。後來鞍馬何逡巡[15]，當軒下馬入錦茵[16]。楊花雪落覆白蘋，[17]青鳥飛去銜紅巾。炙手可熱勢絕倫，慎莫近前丞相嗔[18]。

注釋

1 三月三日：此日為上巳日，古時人們到水邊祓除不祥，稱「修禊」，後演變為春日郊遊的一個節日。2 態濃：妝扮濃豔。意遠：神情高雅。淑且真：嫻雅而自然。3 骨肉勻：體態勻稱。4「蹙金」句：金、銀互文，指羅衣上用金銀線繡成的孔雀與麒麟圖案。蹙，嵌繡的方法。5 㔩葉：彩花葉。鬢脣：鬢邊。6 珠壓腰衱：即裙帶上綴有珠子，下垂而壓住後襟，不被風掀動，使之稱身合體。7 椒房親：本指皇后親戚，此指楊家親戚。椒房，漢代皇后所居，以椒和泥塗壁，取其溫暖而有香氣。後以椒房代稱後妃。8 賜名：指賜封號。9 紫駝之峯：即駝背隆起的肉。唐時貴族有道菜，稱「駝峯炙」。翠釜：精緻華美的鍋。10 水精之盤：水晶盤。素鱗：白色的魚。11 犀筯：犀牛角製的筷子。厭飫：飽食生膩。12 鸞刀：切肉用的帶小鈴的刀。縷切：細細地切肉。空紛綸：白忙一場。「鸞刀」以上四句寫楊氏外戚家飲食之精。13「黃門」二句：寫楊氏外戚深得皇帝寵愛。黃門，指宦官。飛鞚，指馳馬，鞚為馬勒。八珍，此指各種珍貴菜肴。14 賓從：賓客侍從，此指楊氏的門下人。雜遝：眾多紛亂。實要津：佔據要職。15 後來鞍馬：最後來到的那匹馬，此指楊國忠。逡巡：原為徘徊緩行之意，此為趾高氣揚、顧盼自得之意。16 錦茵：錦織地毯。17「楊花」句：據《廣雅》：「楊花入水化為萍。」大萍稱蘋。此處以楊花諧楊姓，暗喻楊國忠與虢國夫人兄妹苟合。又北魏胡太后與楊白花私通，此處借用此事，暗喻楊家淫亂事。18 丞相：指楊國忠。嗔：惱怒。

賞析與點評

這是一幅以工筆描摹，濃彩重墨渲染下的楊國忠兄妹春日曲江遊宴圖。從美人姿容本色之美寫起，到衣裝之麗，轉言廚膳之侈，最後聚焦於「炙手可熱」的右丞楊國忠，漸次收束，聚焦於一點。引用「楊花雪落」、「青鳥銜巾」的典故暗諷楊氏兄妹淫亂之事，直刺時事，卻又妙不傷雅。正如浦起龍所評「無一譏諷語，描摹處，語語譏諷。無一慨歎聲，點逗處，聲聲慨歎。」（《讀杜心解》）

哀王孫[1]

長安城頭頭白烏[2]，夜飛延秋門上呼[3]。又向人家啄大屋，屋底達官走避胡。金鞭斷折九馬死，骨肉不得同馳驅。腰下寶玦（jué）青珊瑚，可憐王孫泣路隅！問之不肯道姓名，但道困苦乞為奴。已經百日竄荊棘，身上無有完肌膚。高帝子孫盡隆準[4]，龍種自與常人殊。豺狼在邑龍在野，王孫善保千金軀。不敢長語臨交衢（qú）[5]，且為王孫立斯須。昨夜東風吹血腥，東來橐（tuó）駝滿舊都[6]。朔方健兒好身手，昔何勇銳今何愚？竊聞天子已傳位，聖德北服南單于。[7]花門剺(lí)面請雪恥[8]，慎勿出口他人狙(jū)！哀哉王孫慎勿疏，五陵佳氣無時無！

注釋

1 王孫：皇帝後代，此指李氏宗族。2 頭白烏：白頭烏鴉，以為不祥之兆。3 延秋門：唐宮苑西門。玄宗即從此門出宮奔蜀。4 隆准：高鼻。5 交衢：四通八達的路。6 橐駝：駱駝。舊都：指長安。因此時肅宗已即位於靈武，故稱。7「聖德」句：指肅宗與回紇結好，共同平亂。8 花門：借指回紇。剺面：匈奴古俗以刀割面流血，以示忠誠。

賞析與點評

詩人以比興手法，截取王孫流落沉淪的片斷，以一人之事，典型地反映出安史之亂所造成巨大的社會動亂，並從中展現出整個時代背景以及歷史進程。

五言律詩　七十七首

五言律詩，簡稱「五律」，近體詩的一種。源於五言古體，起源於南北朝，成熟於唐初。格律嚴密，每首八句四韻或五韻，每句五個字，中間兩聯必須對仗，第二、四、六、八句押韻，首句可押可不押，五言律詩首句不入韻是正格，入韻為變格。通常押平聲韻。其押韻的音韻標準為中古音韻系統，即南北朝至隋唐時期漢語的語音。根據其平仄，定格為四式：首句仄起不入韻式、首句仄起入韻式、首句平起不入韻式、首句平起入韻式。

五言律詩是最具唐詩「豐神情韻」（錢鍾書《談藝錄》）的詩歌體裁。一般是對社會現實、自然景物和內心世界的表現，融情入景，側重於客觀觀照，也是唐人應制、應試以及日常生活中普遍採用的詩歌體裁。唐代五律名家數不勝數，其中，以王昌齡、王維、孟浩然、李白、杜甫、劉長卿成就為大。

唐玄宗

唐玄宗（六八五—七六一），名李隆基，隴西成紀（今甘肅秦安）人。睿宗第三子。先天元年（七一二）即位，勵精圖治，後倦於國事，任用奸佞，以致發生了「安史之亂」。天寶十五年（七五六）冊太子李亨即位，自己為太上皇。上元二年（七六一）卒。諡曰至道大聖大明孝皇帝，後世稱「唐明皇」；廟號玄宗。唐玄宗多才多藝，通音樂，擅書法，工詩能文。他對於詩歌去除六朝纖靡風氣，「開盛唐廣大清明氣象」（鍾惺《唐詩歸》），有宣導之功。《全唐詩》存其詩一卷。

經魯祭孔子而歎之[1]

夫子何為者？栖栖一代中。[2]地猶鄹（zōu）氏邑[3]，宅即魯王宮[4]。歎鳳嗟身否（pǐ）[5]，傷麟怨道窮。[6]今看兩楹奠[7]，當與夢時同。

注釋

1 魯：古代魯國地域，在今山東一帶。2 夫子：對有道德學問的成年男子的敬稱，此指孔夫子。栖栖，忙碌不安的樣子，此指孔子周遊列國之事。3 鄹氏邑：在春秋魯國境內，今在山東曲阜。孔子父親叔梁紇曾為鄹邑大夫。4 魯王宮：據孔安國《尚書序》：「魯恭王壞孔子舊宅，以廣其居。升堂，聞金石絲竹之聲，乃不壞宅。」5 歎鳳：《論語．子罕》：「子曰：鳳鳥不至，河不出圖，吾已矣夫！」嗟：感歎。否：不順。鳳鳥至、河出圖是世之祥瑞。孔子感歎時世不佳，命運不濟。6「傷麟」句：此句見於《春秋》：「哀公十四年春，西狩獲麟。」自後孔子即絕筆，不著《春秋》。7 兩楹奠：指祭奠禮儀之隆重莊嚴。根據殷朝舊制，人死後，靈柩應停放在兩楹之中。《禮記．檀弓上》記孔子感歎生前沒有人尊重他，卻夢見死後坐享「兩楹奠」，預感到自己將不久於人世。兩楹，指殿堂之中。楹，堂前柱子。

張九齡

望月懷遠[1]

海上生明月，天涯共此時。[2]情人怨遙夜[3]，竟夕起相思[4]。滅燭憐光滿，披衣覺露滋。不堪盈手贈[5]，還（huán）寢夢佳期[6]。

注釋

1 懷遠：思念遠方之人。2「海上」二句：意謂海上明月升起，遠在天涯之人此時此刻正和我一樣望月思人。3 情人：有情誼之人。遙夜：長夜。4 竟夕：整夜。5 不堪：不能。盈手：滿手，指把月光捧滿手中。6 還寢：回去睡覺。佳期：指相會的好日子。

王勃

王勃（六五〇—六七六），字子安，絳州龍門（今山西河津）人。不到二十歲即應科舉及第。官虢州參軍。往交趾探望父親，歸來渡海時溺水受驚而卒。王勃自幼聰慧，早有文名，與楊炯、盧照鄰、駱賓王並稱「初唐四傑」，胡應麟稱其五律「興象宛然，氣骨蒼然，實首啟盛、中妙境」（《詩藪》）。有《王子安集》十六卷，《全唐詩》編其詩二卷。

杜少府之任蜀州[1]

城闕輔三秦[2]，風煙望五津[3]。與君離別意，同是宦遊人[4]。海內存知己，天涯若比鄰[5]。無為在歧路，兒女共霑巾[6]。

注釋

1 **杜少府**：其人不詳。少府，即縣尉的通稱。**之任**：赴任。**蜀州**：在今四川崇州。一作「蜀川」。設置「蜀州」時王勃已歿，應為「蜀川」。2 **城闕**：指都城長安。**輔**：護持。**三秦**：西楚霸王項羽滅秦後，曾將其舊地分為雍、塞、翟三國，稱三秦。此處指今陝西一帶。3 **五津**：四川灌縣至犍為，岷江上有五個渡口，為白華津、萬里津、江首津、涉頭津、江南津，稱五津。此泛指蜀地。4 **宦遊人**：在外做官之人。5 **比鄰**：近鄰。古代以五家相連為「比」。6 **無為**：不需要。**歧路**：分手的路上。**霑巾**：指流淚。

賞析與點評

這是詩人青年時期所寫的一首送別詩，先寫送別之地，再寫行人赴往之處，一為實景，一為想像，一實一虛，風煙遠望間，三秦與五津營構起壯偉而迷茫的景象，而同是「宦遊」之人，客中送客，更顯離情悽楚。但「海內存知己，天涯若比鄰」語意轉折，格調高昂，道出朋友之義的深刻內涵。人雖離別，但知己之情長存，縱有惜別之悲，亦不必過分傷感。曠達豪邁，情意迴蕩，味之無窮。

駱賓王

駱賓王（約六三八—約六八四），婺州義烏（今屬浙江）人。顯慶年間，為道王李元慶屬官，累官侍御史。不久獲罪下獄，貶為臨海（今浙江天台）丞，世稱「駱臨海」。光宅元年（六八四）從徐敬業討武則天，兵敗不知所蹤。駱賓王詩文兼長，尤擅七言歌行，五律也時有佳作。有《駱賓王文集》十卷行世，《全唐詩》編其詩三卷。

在獄詠蟬[1]

西陸蟬聲唱[2]，南冠客思深[3]。不堪玄鬢影[4]，來對白頭吟[5]。露重飛難進，風多響易沉。[6]無人信高潔，誰為表予心[7]？

注釋

1 獄：唐高宗儀鳳三年（六七八），駱賓王任侍御史，因上疏進諫，被誣下獄。2 西陸：指秋天。3 南冠：《左傳・成公九年》記楚鍾儀戴南冠被囚於晉軍，後以南冠代指囚徒。4 玄鬢：指蟬。古代婦女梳鬢髮如蟬翼狀，稱蟬鬢。此處反過來以蟬鬢稱蟬。5《白頭吟》：古樂府名，傳說是漢代卓文君因丈夫司馬相如再娶而寫的，曲調哀怨。6「露重」二句：因露重則蟬飛不快，風大則蟬鳴聲易被風聲掩蓋，比喻世途艱難，阻力重重。7 予：我。

賞析與點評

詩人作此詩時因受誣陷身陷獄中，遂藉這首詠物詩寄託自己的隱憂。此詩運用比興手法，表面處處寫蟬，實際句句喻己，以詠蟬的高潔喻自己不肯同流合污的節操。詠物而不囿於物，抒情而不離於物，寫形傳神，比喻妥貼，語多雙關，寄託高遠。

杜審言

杜審言（約六四五—七〇八），字必簡，祖籍襄陽，遷居鞏縣（今屬河南）。「詩聖」杜甫的祖父。中宗神龍元年（七〇五）因依附張易之而被流放嶺南，次年赦歸。杜審言善詩，工書翰，與李嶠、崔融、蘇味道並稱「文章四友」。其五言律詩「體自整栗，語自雄麗」（許學夷《詩源辨體》），對近體詩的成熟是有貢獻的。《全唐詩》存其詩一卷。

和晉陵陸丞早春遊望[1]

獨有宦遊人，偏驚物候新[2]。雲霞出海曙，梅柳渡江春。[3]淑氣催黃鳥[4]，晴光轉綠蘋[5]。忽聞歌古調[6]，歸思欲霑巾。

注釋

1 晉陵：縣名，在今江蘇常州。陸丞：晉陵縣丞，其人不詳。一作「陸丞相」。2 宦遊人：在外做官的人。物候：指在不同季節裏自然界的景物變化。3「雲霞」二句：雲霞從海上升起，正是曙色初露；梅柳間的綠意從江南渡到江北，春天已經到來。4 淑氣：指春天的和暖氣息。黃鳥：黃鶯。5 綠蘋：指水中綠色的水草。6 古調：格調近古之詩，此指陸丞的詩篇。

賞析與點評

此詩為一首和詩，抒發宦遊異鄉與思歸的心緒。詩中寫江南初春：江春、淑氣、晴光，春意勃勃，雲霞、梅柳、黃鳥、綠蘋，春色繽紛。而正是這般與北方家鄉如此不同的春景，令詩人見到同是宦遊羈客的好友的詩，忍不住潸然而淚下。

沈佺期

沈佺期（約六五六—七一三），字雲卿，相州內黃（今屬河南）人。神龍元年（七〇五）因依附張易之而流放驩州（今越南），後又召為起居郎，官至太子詹事，世稱「沈詹事」。沈佺期擅詩文，與宋之問被時人並稱「沈宋」。他長於五、七言律詩，靡麗清婉，對律詩的定型是有貢獻的。有明人輯《沈詹事詩集》七卷，《全唐詩》編其詩三卷。

雜詩[1]

聞道黃龍戍[2]，頻年不解兵[3]。可憐閨裏月，長在漢家營[4]。少婦今春意，良人昨夜情。誰能將旗鼓，一為取龍城[5]？

注釋

1《雜詩》原為三首，此為其三。2 黃龍戍：唐代邊塞，在今遼寧開原縣西北。3 頻年：連年。解兵：休戰撤兵。4 漢家營：指唐軍營。漢家，實指唐朝。5 一為：一舉。龍城：匈奴名城，秦漢時為匈奴祭天處。據《漢書．武帝本紀》載，元光五年（公元前一三〇），車騎將軍衞青在龍城大敗匈奴，後龍城多用指敵方要地。此句化用此典，比喻出征敵方，一戰而捷。

賞析與點評

此詩詠閨怨征苦，藉月抒意，思婦望月生思，思隨月轉，用一輪明月聯繫起相隔萬里的春閨與軍營。再巧用互文句法，寫少婦良人兩地分離不可見，都是夜夜相思，處處傷懷，情思婉轉相生。正是如此的相思之苦，在長年「不解兵」的情況下，只能殷切期盼龍城飛將的出現，早日結束戰爭，得以闔家團圓。

宋之問

宋之問（約六五六—七一二），一名少連，字延清，虢州弘農（今河南靈寶）人，一說汾州（今山西汾陽）人。高宗上元二年（六七五）進士，神龍元年（七〇五）因攀附張易之而貶為瀧州參軍，後起為鴻臚主簿，官至考功員外郎。不久，又因受賄貶為越州長史。唐玄宗先天年間，賜死於桂州。宋之問和沈佺期一樣長於文詞，時稱「沈宋」。其詩多為宮廷應制之作，「平正典重，贍麗精嚴」（胡應麟《詩藪》）。今有明人輯《宋學士集》九卷，《全唐詩》編其詩三卷。

題大庾嶺北驛[1]

陽月南飛雁[2]，傳聞至此迴。我行殊未已[3]，何日復歸來？江靜潮初落，林昏瘴不開[4]。明朝望鄉處，應見隴頭梅[5]。

注釋

1 大庾嶺：在今江西大庾縣。2 陽月：農曆十月。3 殊未已：還沒到終點。4 瘴：瘴氣，南方山林中濕熱鬱蒸之氣。5 隴頭梅：大庾嶺上多梅，又稱梅嶺，因此地氣候濕暖，故作者十月過嶺，即見梅花盛開。又據《荊州記》載，東漢陸凱從江南給長安的范曄寄梅花一枝，並贈詩曰：「折梅逢驛使，寄與隴頭人。江南無所有，聊寄一枝春。」此處用此典，寄託思念都城之情。

王灣

王灣（生卒年不詳），洛陽（今屬河南）人。太極元年（七一二）進士及第。官滎陽主簿，調洛陽尉。王灣詞翰早著，工五言。今僅存詩十首，載《全唐詩》卷一五五。

次北固山下[1]

客路青山下，行舟綠水前。潮平兩岸闊[2]，風正一帆懸。海日生殘夜，江春入舊年。[3]鄉書何處達？歸雁洛陽邊。

注釋

[1] 題又作《江南意》。次：停宿。北固山：在今江蘇鎮江市。[2] 潮平：指潮水上漲與

兩岸齊平。闊：一作「失」。3「江春」句：江南氣暖，舊年未過，春意已萌。

賞析與點評

詩人以景抒情，江南近海處的江景在詩人筆下躍然紙上，遠見青山疊翠，眼前則是綠水蕩漾，潮平岸闊，在寬闊坦直的江面上，小舟順和風揚帆而行，蒼茫中深蘊大氣。「海日」一聯有點睛之妙，初日躍出海面照破了長夜，歲末年終之時已透出暖暖春意。精當的語言，清麗的筆觸，在引動鄉思的意象中，萌生出生命的律動，給人以新的希望。日暮年關，客路鄉思總是難免，詩人筆下的鄉思卻非黯然銷魂，這正是盛唐詩人特有的自信與樂觀。

常建

破山寺後禪院[1]

清晨入古寺，初日照高林。曲徑通幽處，禪房花木深。山光悅鳥性，潭影空人心[2]。萬籟此皆寂，惟聞鐘磬音。

注釋

1 破山寺：即興福寺，在今江蘇常熟虞山北麓。2 空人心：使人心空明潔淨。

賞析與點評

詩人遊破山寺寫下題壁詩，描寫清晨破山寺之景色，筆致空靈，不見刻煉之跡。

岑參

寄左省杜拾遺[1]

聯步趨丹陛[2]，分曹限紫微[3]。曉隨天仗入，暮惹御香歸。白髮悲花落，青雲羨鳥飛。聖朝無闕事[4]，自覺諫書稀。

注釋

1 左省：即門下省，因在宣政殿門左，故稱左省。杜拾遺：杜甫，時任門下省左拾遺。2 聯步：即連步。趨：小步走。丹陛：天子宮殿前的台階漆成紅色，稱丹陛，又稱「丹墀」。3 分曹：時岑參為右補闕，屬中書省，因在宣政殿門右，故稱右省。而杜甫則為左拾遺，屬左省。二人上朝時分站左右兩邊，稱分曹。曹，官署。紫微：此指宣政殿。本為星名，古人以紫微星為天帝之居，後轉指皇帝之居。4 闕事：缺失之事。

李白

贈孟浩然

吾愛孟夫子，風流天下聞。紅顏棄軒冕[1]，白首卧松雲。醉月頻中（zhòng）聖[2]，迷花不事君[3]。高山安可仰，徒此揖清芬。

注釋

1 紅顏：指青壯年。棄軒冕：指輕視仕宦。2 醉月：對月醉酒。中聖：即「中酒」，指醉酒之意。3 迷花：引用《桃花源記》事，指隱居。

渡荊門送別[1]

渡遠荊門外，來從楚國遊[2]。山隨平野盡，江入大荒流。[3]月下飛天鏡，[4]雲生結海樓[5]。仍憐故鄉水，萬里送行舟。

注釋

1 荊門：荊門山，在今湖北宜都縣北、長江南岸，為楚蜀交界之地。2 楚國：指今湖北省境，春秋戰國時屬楚國。3「山隨」二句：意謂山隨着平原的出現漸漸遠去消失，大江匯入曠野中，從容流去。大荒，廣闊的原野。4「月下」句：江中月影，如同空中飛下的天鏡。5 海樓：海市蜃樓。

賞析與點評

詩人形象地描繪出一幅渡荊門的長江長軸山水圖，賦其景而起懷土之思，未見送別之依依離情，只見深摯鄉思與遠遊壯懷。

送友人

青山橫北郭[1]，白水繞東城。此地一為別，孤蓬萬里征[2]。
浮雲遊子意[3]，落日故人情[4]。揮手自茲去[5]，蕭蕭班馬鳴[6]。

注釋

1 郭：外城。2 蓬：蓬草。蓬草隨風飛轉，飄泊無定，古詩中常用以比喻遠行者。3 浮雲：因浮雲四處飄蕩，古詩中也用以形容遊子飄泊。4 落日：落日下山，如同與人告別。5 自茲：從此。6 蕭蕭：馬叫聲。班馬：離羣的馬。

聽蜀僧濬（jùn）彈琴[1]

蜀僧抱綠綺[2]，西下峨眉峯。為我一揮手[3]，如聽萬壑松。客心洗流水，餘響入霜鐘。[4]不覺碧山暮，秋雲暗幾重。

注釋

1 蜀僧濬：有一說認為此人即李白詩《贈宣州靈源寺仲濬公》中的仲濬公。其他不詳。2 綠綺：相傳漢司馬相如有綠綺琴。此指古琴。3 揮手：指彈琴。4「餘響」句：

意為琴聲餘音與山寺傍晚的鐘聲共鳴。

賞析與點評

音樂詩寫作重在描繪聲音之妙，貴於富含自然神致。詩人下筆凝練，不見堆砌比喻，自然之中更見清空之韻。

杜甫

春望

國破山河在[1]，城春草木深[2]。感時花濺淚，恨別鳥驚心。[3]烽火連三月，家書抵萬金。白頭搔更短，渾欲不勝簪。[4]

注釋

1 國破：指長安淪陷。山河在：山河依舊。2 草木深：草木茂盛。3「感時」二句：感時傷事，見花而落淚；恨別家人，聞鳥鳴而心驚。4「渾欲」句：因白髮短少，簡直插不了簪了。不勝簪，古時男子用簪束髮。

月夜[1]

今夜鄜（fū）州月[2]，閨中只獨看[3]。遙憐小兒女，未解憶長安[4]。香霧雲鬟濕，清輝玉臂寒。[5]何時倚虛幌[6]，雙照淚痕乾。

注釋

1 2 鄜川：今陝西富縣。3 閨中：此處指妻子。4 憶長安：思念在長安的父親。5「香霧」二句：寫妻子在月下思念自己的情景。6 虛幌：透明的帷幔。

賞析與點評

月光是中國詩歌的思鄉主題，詩人被俘陷長安，與家人音訊斷絕，以月興發思鄉之情。詩人不言思家，而寫妻子望月懷想自己；不憐孤身望月的妻子，而念不解思念的兒女，只因小兒女不知離亂思親之苦，愈顯妻子獨自思念、無依無傍之苦，而獨在異鄉無親無故的詩人更形孤苦。不言思鄉而垂淚，卻說聚首之日喜極而泣之淚痕，可說是曲盡情事，更顯情深。

春宿左省[1]

花隱掖垣暮[2]，啾啾棲鳥過[3]。星臨萬戶動，月傍九霄多[4]。不寢聽金鑰[5]，因風想玉珂。[6] 明朝有封事[7]，數問夜如何。

注釋

1 宿：值夜。左省：門下省。2 掖垣：宮門兩邊的牆。3 棲鳥：日暮投宿之鳥。4 九霄：此指朝廷。5 金鑰：金鎖。6「因風」句：想像百官騎馬鳴珂入朝的情景。玉珂，馬籠頭上的裝飾品，馬行則響，謂之鳴珂。7 封事：密奏。因上奏用袋密封，以防泄漏，故稱。

賞析與點評

詩人時任左拾遺，初為朝官，在左省值夜時寫下當時的心情。先寫景，由花隱鳥棲的日暮，到星臨、月近的夜半，再寫心中之感，且終夜不眠。詩人恭敬職守、忠勤為國之心聲充現於中。

月夜憶舍弟[1]

戍鼓斷人行[2]，邊秋一雁聲[3]。露從今夜白，月是故鄉明。有弟皆分散，無家問死生。寄書長不達，況乃未休兵[4]。

注釋

1 舍弟：對人稱自己之弟為「舍弟」。杜甫有四弟：杜穎、杜觀、杜豐、杜占，此時惟杜占與他同在。2 戍鼓：戍樓上的更鼓。鼓後，禁止行人往來。3 一雁：孤雁。古人以雁行喻兄弟。一雁，喻兄弟分散。4 未休兵：時叛軍史思明正與唐將李光弼激戰。

賞析與點評

詩人此時流寓秦州，戰爭離亂，家已不家，骨肉相離，消息斷絕。戍鼓、雁鳴都讓他驚心。白露、明月這些日日可見的晚秋夜景，只因思親，在詩人眼中更添愁怨。也因詩人高超的藝術手法，讓這些家常語化為美好的詩句，不僅傳達出詩人此時獨特的心理感受，更撥動了千百年後無數賞詩人的心絃。

天末懷李白[1]

涼風起天末，君子意如何[2]？鴻雁幾時到[3]，江湖秋水多。文章憎命達，[4]魑魅（chī mèi）喜人過。[5]應共冤魂語[6]，投詩贈汨（mì）羅[7]。

注釋

1 天末：天邊。2 君子：指李白。3 鴻雁：比喻音信。4「文章」句：能文者都是命運多舛。5「魑魅」句：提防山精鬼怪伺機擇人而食。這是要李白提防小人陷害。6 冤魂：指屈原。屈原無罪被放，投汨羅江而死。比喻李白被流放，與屈原相似。7 汨羅：汨羅江，在今湖南湘陰縣。

奉濟驛重送嚴公四韻[1]

遠送從此別，青山空復情[2]。幾時杯重把？昨夜月同行。[3]列郡謳歌惜[4]，三朝出入榮[5]。江村獨歸處[6]，寂寞養殘生。

注釋

1 奉濟驛：在今四川綿陽縣。嚴公：嚴武，字季鷹，華陰（今陝西華陰）人，時任成都尹，充劍南節度使。2 空復情：枉自多情。3「幾時」二句：擔心與嚴武後會無期，舊歡難再。按詩意應上句在後，下句在前，詩人為使語意曲折不板直而倒置。4 謳歌：歌頌。惜：因嚴武離任而惋惜。5 三朝：指玄宗、肅宗、代宗三朝。出入榮：指嚴武歷任重位，出入榮耀。6 江村：指杜甫在浣花溪邊的草堂。

別房太尉墓[1]

他鄉復行役[2]，駐馬別孤墳。近淚無乾土，低空有斷雲。對棋陪謝傅，把劍覓徐君。[3] 惟見林花落，鶯啼送客聞。

注釋

1 太尉：房琯，字次律，唐玄宗時宰相。2 復行役：指一再奔走求職。3「對棋」二句：寫杜、房二人交情生死如一。謝傅，晉名將謝安，拜太傅，酷愛圍棋。此處以謝安比房琯。徐君，指徐國國君。據《史記．吳太伯世家》記載，春秋時吳季札聘晉，路經徐國，知徐君愛其寶劍，季札決定出使返回時即送給他。及歸，徐君已死，便解劍掛於墳樹上而去。

賞析與點評

將以上三首杜甫寫給朋友的詩歌連讀，可以感受到杜甫與朋友的交誼，以及對朋友的知遇之感。與李白為文友知己，嚴武與房琯則對其有提攜之情。

旅夜書懷

細草微風岸，危檣獨夜舟[1]。星垂平野闊，月湧大江流。名豈文章著，官應老病休。飄飄何所似[2]？天地一沙鷗。

注釋

1 危檣：高聳的桅杆。2 飄飄：形容飄泊不定。

登岳陽樓[1]

昔聞洞庭水，今上岳陽樓。吳楚東南坼（chè），乾坤日夜浮。[2]親朋無一字，老病有孤舟[3]。戎馬關山北，[4]憑軒涕泗流。

注釋

1 岳陽樓：湖南岳陽城西門城樓，下臨洞庭湖。唐張說出守岳州時所築，為登臨勝地。2「吳楚」二句：寫洞庭湖之廣大，跨有吳楚，包涵日月。3 老病：杜甫此時五十七歲，身患多種疾病。孤舟：杜甫攜家乘船出蜀，一路飄泊。4「戎馬」句：此時北方戰事頻繁，唐軍正與吐蕃激戰。

賞析與點評

古往今來詠頌洞庭湖之詩文不計其數，但杜甫此詩雖只四十字，卻詩小境大，寫湖景之奇警，道鄉情之孤寂。詩人包容宇宙的襟懷，直與氣象宏放之洞庭爭雄。

王維

輞川閒居贈裴秀才迪[1]

寒山轉蒼翠，秋水日潺湲（chán yuán）[2]。倚杖柴門外，臨風聽暮蟬。渡頭餘落日，墟里上孤煙[3]。復值接輿醉[4]，狂歌五柳前[5]。

注釋

1 輞川：河名，在今陝西藍田終南山下，宋之問建有別墅。王維晚年得此別墅隱居，與裴迪唱和。秀才：唐時稱鄉貢進士為秀才。2 潺湲：水徐緩流淌的樣子。3 **墟里**：村落。4 **接輿**：春秋時隱士陸通，字接輿，楚國人，曾狂歌避世。此處指裴迪。5 **五柳**：陶淵明因其住宅旁有五株柳樹而自號「五柳先生」，此處王維自比陶淵明。

山居秋暝[1]

空山新雨後，天氣晚來秋。明月松間照，清泉石上流。竹喧歸浣女[2]，蓮動下漁舟。隨意春芳歇[3]，王孫自可留[4]。

注釋

1 暝：天黑。2 浣女：洗衣女。3 春芳：春天的芳菲。歇：消歇、逝去。4 王孫：《楚辭．招隱士》：「王孫兮歸來，山中兮不可以久留。」原為招隱士出山之詞。

歸嵩山作

清川帶長薄[1]，車馬去閒閒。流水如有意，暮禽相與還。荒城臨古渡，落日滿秋山。迢遞嵩高下[2]，歸來且閉關。

注釋

1 薄：草木叢生之處。2 迢遞：高峻的樣子。嵩高：即嵩山。

終南山

太乙近天都[1]，連山到海隅。白雲迴望合，青靄入看無。分野中峯變，[2]陰晴眾壑殊。欲投人處宿，隔水問樵夫。

注釋

1 **太乙**：亦作太一，終南山主峯，又用作終南山之別名。**天都**：指唐都城長安。一說天帝居所。2「**分野**」句：終南山中峯盤踞不止一州之地，成為分隔不同州郡的分界，此極言山域之廣大。分野，見李白《**蜀道難**》注釋。

賞析與點評

此詩表現出王維畫家的眼光與手法，是唐詩中寫景的名篇。沈德潛在《唐詩別裁集》中評論此詩：「『近天都』言其高，『到海隅』言其遠，『分野』二句言其大。或謂末二句與通體不配，今玩其語意，見山遠而人寡也，非尋常寫景可比。」精練而切中。尾聯的問樵投宿，正是點睛妙筆，問答之聲的點染刻畫，點出深邃幽靜之感。

酬張少府[1]

晚年惟好靜，萬事不關心。自顧無長策[2]，空知返舊林[3]。松風吹解帶[4]，山月照彈琴。君問窮通理[5]，漁歌入浦深。

注釋

1 張少府：其人不詳。少府，即縣尉。2 長策：良策。3 空知：只知道。舊林：指舊居。4 解帶：古人上朝或見客時須束帶，在家閒居時則散着衣帶。5 窮通理：困頓與顯達的道理，即人生之理。

過香積寺[1]

不知香積寺，數里入雲峯。古木無人徑，深山何處鐘。泉聲咽危石，[2]日色冷青松。薄暮空潭曲[3]，安禪制毒龍。[4]

注釋

1 香積寺：故址在今陝西長安縣山中。2「泉聲」句：形容泉流為澗石阻滯，水聲如幽咽。3 曲：隱僻之處。4「安禪」句：坐禪能制服心中的妄念。安禪，佛家語。佛教徒坐禪空淨守一而入境界，稱安禪。毒龍，以比喻人心中的妄念。

送梓州李使君[1]

萬壑樹參天，千山響杜鵑。山中一半雨，樹杪（miǎo）百重泉[2]。漢女輸橦（tóng）布，[3]巴人訟芋田。[4]文翁翻教授，敢不倚先賢。[5]

注釋

1 梓州：唐代州名，治所在今四川三台縣。李使君：疑為李謙。使君，刺史。2 一半雨：又作「一夜雨」。樹杪：樹梢。3「漢女」句：蜀中婦女向官府繳納橦布。漢女，川中婦女。三國時劉備在蜀稱帝，國號漢。橦布，木棉織成的布，橦即木棉樹。4「巴人」句：巴人常為芋田農事打官司。巴，古國名，轄境在今重慶市東部。5「文翁」二句：指李使君到任後，怎敢不追隨文翁，教化蜀民。文翁，西漢廬江人，據《漢書．循吏傳》記載，漢景帝時為蜀郡太守，因見蜀地僻陋，便興建學宮，培育人才，使巴蜀地區文化進步。翻教授，反而進行教育之意。

漢江臨眺[1]

楚塞三湘接[2]，荊門九派通[3]。江流天地外，山色有無中。郡邑浮前浦，波瀾動遠空[4]。襄陽好風日，留醉與山翁[5]。

注釋

1 詩題一作《漢江臨泛》。漢江：漢水，源出陝西，經湖北入長江。2 楚塞：楚國邊界。襄陽一帶漢水為古楚國的北境，故稱楚塞。三湘：說法不一。古詩文中一般泛指今洞庭湖南北、湘江流域一帶。3 九派：長江的九條支流。此為泛指。4 郡邑：郡城，此指襄陽城。5 與：如。山翁：指晉人山簡。據《晉書・山簡傳》記載，山簡鎮守襄陽時，性耽飲酒，常至高陽池宴飲，每飲必醉。

賞析與點評

此詩融畫法入詩，眺襄陽遠展到荊門，縱連三江，橫通九派，以宏偉的氣勢寫江漢平原的開闊，筆力雄健而意態舒遠。天水相接本是古詩中常見意象，詩人結合透視法，一縱一橫，江流其長不可知，因此遠落天外，煙波浩淼不可見，所以山色正在有無之間，「迷遠」之法，盡寫江色之無盡與幽深。水勢盛大，波瀾湧動，近前的襄陽城，甚至遠方碧空都隨之晃動，隱隱綽綽，若隱若現，渲染漢江無涯的磅礴水勢。

終南別業[1]

中歲頗好道[2]，晚家南山陲[3]。興來每獨往，勝事空自知。行到水窮處，坐看雲起時。偶然值林叟，談笑無還期[4]。

注釋

1 終南：終南山，唐都城長安附近。別業：野墅。2 中歲：中年。3 晚：晚近，即近日。南山：即終南山。陲：邊。4 無還期：忘了回家的時間。

孟浩然

臨洞庭上張丞相[1]

八月湖水平[2]，涵虛混太清[3]。氣蒸雲夢澤，波撼岳陽城。[4]欲濟無舟楫，[5]端居恥聖明。[6]坐觀垂釣者，徒有羨魚情。[7]

注釋

1 此詩一題《登岳陽樓》、《望洞庭湖贈張丞相》。洞庭：洞庭湖。張丞相：指張說。2 湖水平：八月江汛，湖水漲滿，故說「平」。3 涵虛：湖面空闊無邊。太清：天空。4「氣蒸」二句：形容水勢之浩蕩。雲夢澤：古時有「雲」、「夢」二澤，在今湖北南部、湖南北部的長江沿岸一帶低窪地區，後大部分淤成陸地。今洞庭湖即為古雲夢澤的一部分。岳陽城：在今湖南岳陽，洞庭湖東岸。5「欲濟」句：意謂自己要出仕而無人引薦。6「端居」句：自己在聖明之世閒居，實感有愧。7「坐觀」二句：典出《淮南子・說林訓》：「臨河而羡魚，不如歸家織網。」意謂與其在河邊羡慕別人釣到魚，不如回家織網來捕魚。作者化用此典，說自己有心出仕（羡魚情），可無人引薦，也只能坐觀他人（垂釣者）。

賞析與點評

此詩的前兩聯以氣勢磅礴的筆力，寫出八月洞庭水天一色、蒸雲夢、撼岳陽浩瀚激蕩的景象，氣魄宏大，意境壯闊，是詠洞庭的千古絕唱。但詩人之意旨不在俯仰山水，而是藉浩瀚湖景，抒發胸中大志施展無門的鬱悶，希望能得到張丞相的援引薦用。雖為干祿而作，但詩以望洞庭託意，運用比興，表干乞之意，卻不露「干乞之痕」，興象風骨皆備。

與諸子登峴（xiàn）山[1]

人事有代謝[2]，往來成古今。江山留勝跡[3]，我輩復登臨。水落魚梁淺[4]，天寒夢澤深[5]。羊公碑尚在，讀罷淚霑襟。

注釋

1 此詩寫登峴山見羊公碑的感受。峴山：一名峴首山，在今湖北襄陽。據《晉書·羊祜傳》記載，西晉名將羊祜鎮荊襄時，常登峴山置酒言詠，終日不倦。羊祜死後，百姓念其功德，在山上立廟建碑祭祀，望見碑者，無不墮淚，杜預因名為墮淚碑。2 代謝：交替。3 勝跡：即指廟與碑。4 魚梁：即漁梁洲，在今湖北省襄陽市。5 夢澤：即雲夢澤。

賞析與點評

詩人與友輩一起登臨峴山，憑弔羊祜留下的勝跡，在雲寒霧冷的瑟瑟寒天中誦讀碑文，生發出深長的感慨。孟詩向以簡淡為稱，但此詩起筆俯仰古今，寄慨蒼涼，字裏行間雖有憾恨，卻絲毫無損詩作的豐神興象，這正是盛唐詩歌獨特的精神風采。

清明日宴梅道士房[1]

林臥愁春盡[2]，開軒覽物華[3]。忽逢青鳥使[4]，邀我赤松家[5]。丹竈（zào）初開火[6]，仙桃正發花。[7]童顏若可駐，何惜醉流霞！[8]

注釋

1 此題又作《宴梅道士山房》。梅道士：孟浩然好友，其人不詳。2 林臥：高臥山林之意。3 開軒：開窗，一作「褰帷」，揭簾子。物華：美好的事物。4 青鳥使：指梅道士派來的信使。青鳥，神話中西王母之神鳥，用於傳信。5 赤松：傳說中的仙人赤松子，此處指梅道士。6 丹竈：一作「金灶」，道家的煉丹爐灶。7「仙桃」句：指山房外桃花開放。仙桃，神話中西王母以仙桃贈漢武帝，稱此桃三千年一結果。8「童顏」二句：如果飲酒真能使人容顏不老，那又何妨一醉呢？流霞，神話中的仙酒名。

歲暮歸南山[1]

北闕休上書[2]，南山歸敝廬[3]。不才明主棄，多病故人疏。白髮催年老，青陽逼歲除[4]。永懷愁不寐，松月夜窗虛。

注釋

1 詩題一作《歲晚歸南山》。南山：此指峴山，因在襄陽城南，故稱。孟浩然隱居的園廬就在附近。2 北闕：古代謁見皇帝的闕觀。因坐落於宮殿之北，故名。3 敝廬：破舊的房屋，謙稱自己的家園。4 青陽：指春天。歲除：年終之日為歲除。

賞析與點評

詩人四十歲時進京應進士舉落第，詩中不怨時命，而以反諷手法恨自己不才，抒發懷才不遇的牢騷與對當朝不能識賢用才的嘲諷。雖是困頓失意之作，最後卻以寫景作結，語言溫厚而回味深長，是詩人一生失意之詩，卻是千古得意之作。

過故人莊[1]

故人具雞黍[2]，邀我至田家。綠樹村邊合[3]，青山郭外斜[4]。開筵面場圃[5]，把酒話桑麻[6]。待到重陽日[7]，還來就菊花。

注釋

1過：探訪。故人：老朋友。2具：備辦。雞黍：語出《論語・微子》「殺雞為黍而食之」，後指農家待客豐盛的飯菜。3合：環繞之意。4郭：外城，指城牆。5筵：一作「軒」。場圃：打穀場和菜園子。6桑麻：泛指農事。7重陽日：指陰曆九月九日重陽節，舊時有登高飲菊花酒之風俗。

秦中寄遠上人[1]

一邱常欲臥[2]，三徑苦無資[3]。北土非吾願[4]，東林懷我師[5]。黃金燃桂盡[6]，壯志逐年衰。日夕涼風至，聞蟬但益悲。

注釋

1詩題一作《秦中感秋寄遠上人》。秦中：此指長安。遠上人：上人，是對僧人的尊稱。遠，為僧人之名。2一邱：比喻隱者的居處，或徑用作隱逸的代稱。3三徑：據《三輔決錄》說，漢蔣詡辭官回鄉，家中有「三徑」，唯與隱者羊仲、求仲來往。陶淵明《歸去來兮辭》有「三徑就荒，松菊猶存」句。後常用「三徑」指退隱家園。4「北土」句：指不願留京從仕。北土，指秦中。5東林：相傳晉著名高僧慧遠初居廬山西林寺，因問道者多，刺史桓伊在山之東為他建東林寺。此借指遠上人所居佛寺。6「黃金」句：秦中貧困，衣食都匱乏。

宿桐廬江寄廣陵舊遊[1]

山暝聞猿愁[2]，滄江急夜流[3]。風鳴兩岸葉，月照一孤舟。建德非吾土[4]，維揚憶舊遊[5]。還將兩行淚，遙寄海西頭[6]。

注釋

1 桐廬江：在今浙江桐廬縣。廣陵：今江蘇揚州。舊遊：即老朋友。2 暝：天色昏暗。3 滄江：暗綠色的江水。4 建德：在今浙江梅城縣，居桐廬江上流。非吾土：語出王粲《登樓賦》「雖信美而非吾土兮」，意為不是我的故鄉。5 維揚：揚州的別稱。6 海西頭：指揚州。因揚州近海，且處於西邊，故稱海西頭。

留別王維

寂寂竟何待[1]，朝朝空自歸。欲尋芳草去[2]，惜與故人違[3]。當路誰相假[4]？知音世所稀。祇應守寂寞，還掩故園扉。[5]

注釋

1 寂寂：冷落。2 尋芳草：隱居山林之意。3 違：別離。4 當路：當權者。假：相助之意。5「還掩」句：意謂閉門不仕。扉，門。

早寒江上有懷[1]

木落雁南渡[2]，北風江上寒。我家襄水曲[3]，遙隔楚雲端[4]。鄉淚客中盡，孤帆天際看。迷津欲有問，平海夕漫漫。

注釋

1 詩題一作《江上思歸》。2 木落：樹葉飄落。3 襄水：漢水流經襄陽，稱襄水。4 楚雲：襄陽古屬楚國，地勢較高。遙望家鄉，被雲阻隔，故稱楚雲。

劉長卿

劉長卿（?—約七九〇），字文房，宣城（今屬安徽）人。天寶年間登進士第。入仕後曾兩度遭貶，官至隨州刺史。劉長卿在肅宗、代宗期間詩名頗著，尤擅五言詩，自詡「五言長城」。人們往往把他作為盛唐與中唐的分野，胡應麟稱其詩「自成中唐，與盛唐分道矣」（《詩藪》）。有《劉長卿集》十卷，《全唐詩》編其詩五卷。

秋日登吳公台上寺遠眺[1]

古台搖落後[2]，秋入望鄉心。野寺來人少，雲峯隔水深。夕陽依舊壘[3]，寒磬（qìng）滿空林[4]。惆悵南朝事[5]，長江獨至今。

注釋

1 本集題下原注：「寺即陳將吳明徹戰場。」吳公台：在今江蘇江都縣。此台本為劉宋時大將沈慶之攻竟陵王劉誕時所築之弩台，後陳朝大將吳明徹又增築之，故稱吳公台。2 搖落：零落。3 舊壘：即吳公台。4 寒磬：指清寒的磬聲。磬，寺廟裏用的銅鑄樂器。5 南朝：史稱東晉後南方宋、齊、梁、陳四朝為南朝。

送李中丞歸漢陽別業[1]

流落征南將，曾驅十萬師。罷歸無舊業[2]，老去戀明時[3]。獨立三邊靜[4]，輕生一劍知。茫茫江漢上，日暮欲何之？

注釋

1 此題又作《送李中丞之襄州》。李中丞：其人不詳。中丞，御史中丞。漢陽：今屬湖北。別業：別墅。2 罷歸：罷職回鄉。舊業：家鄉的產業。3 明時：當初輝煌的時代。4 三邊：唐代稱地處邊境的幽、并、涼三州為三邊。

賞析與點評

詩人送別老將，此時詩人亦歷經貶斥，種種不便顯言之悲憤，藉送別唱歎而出。章法明練，由「罷歸」寫起，直筆「流落」為全詩奠定基調，結構安排得宜，將昔日與今日交叉而寫，批判之意，不言自明。尾聯以設問收，緊扣「流落」基調，江漢茫茫，暮色蒼蒼，既言天色已晚，又謂世道昏暗，晚景淒涼，不知何去何從，心境迷茫，讀來無比悽愴。

餞別王十一南遊[1]

望君煙水闊，揮手淚霑巾。飛鳥沒（mò）何處？青山空向人。長江一帆遠，落日五湖春[2]。誰見汀洲上，相思愁白蘋。[3]

注釋

1 餞別：飲酒送行。王十一：其人不詳。2 五湖：此指太湖。3「相思」以上四句：化用梁朝柳惲《江南曲》詩意：「汀洲採白蘋，落日江南春。洞庭有歸客，瀟湘逢故人。故人何不返，春花復應晚。不道新知樂，只言行路遠。」故此處隱含着故人不返之意，抒發惆悵思念之情。白蘋，一種白色小草。

尋南溪常道士[1]

一路經行處，莓苔見屐（jī）痕[2]。白雲依靜渚[3]，芳草閉閒門。過雨看松色[4]，隨山到水源。溪花與禪意，相對亦忘言。[5]

注釋

1 此題一作《尋常山南溪道人隱居》，又作《尋南溪常山道人隱居》。常道士：或為「常山道人」之誤，而非實姓常。2 莓苔：莓亦青苔，一作「蒼苔」。屐痕：指足跡，一作「履痕」。屐，木鞋。3 靜渚：一作「靜者」。渚，水中小洲。4 過雨：遇雨。5「相對」句：此句化用陶淵明《飲酒》詩意：「此中有真意，欲辯已忘言。」

錢起

錢起（約七一〇—約七八二），字仲文，吳興（今屬浙江）人。天寶九年（七五〇）進士，官至考功郎中等。為「大曆十才子」之一，又與郎士元合稱「錢郎」。錢起詩多餞別應酬之作，大曆中聲名甚著。紀昀評曰：「大曆以還，詩格初變，開寶渾厚之氣漸遠漸漓，風調相高，稍趨浮響。升降之關，十子實為之職志。起與郎士元，其稱首也。然溫秀蘊藉，不失風人之旨，前輩典型，猶有存焉。」（《四庫全書總目》）今有《錢考功集》十卷，《全唐詩》編其詩四卷。

送僧歸日本

上國隨緣住[1]，來途若夢行。浮天滄海遠[2]，去世法舟輕[3]。水月通禪寂[4]，魚龍聽梵聲[5]。惟憐一燈影[6]，萬里眼中明。

注釋

1上國：指唐王朝。隨緣：佛家語，指佛應眾生之緣而施教化。2浮天：形容小船如浮於天際。3法舟：喻佛法。4水月：佛教中比喻一切事物像水中月一樣虛幻。5魚龍：泛指水族。梵聲：頌經聲。6燈：佛教以燈能以明破暗，用以比喻佛法。

谷口書齋寄楊補闕[1]

泉壑帶茅茨（cí）[2]，雲霞生薜（bì）帷[3]。竹憐新雨後，山愛夕陽時。閒鷺棲常早，秋花落更遲。家僮掃蘿徑，昨與故人期。

注釋

1谷口：在今陝西涇陽縣西北。楊補闕：其人不詳。2茅茨：草屋，指題中的書齋。3薜帷：成片如帷帳的薜荔。薜，薜荔，常綠灌木。語本《楚辭·九歌·湘夫人》：「網薜荔兮為帷。」

韋應物

淮上喜會梁川故人[1]

江漢曾為客[2]，相逢每醉還。浮雲一別後，流水十年間。歡笑情如舊，蕭疏鬢已斑。何因不歸去，淮上對秋山。

注釋

1 淮上：淮河邊。梁川：一作「梁州」。2 江漢：即漢江。

賞析與點評

詩人與故友久別相逢，悲喜交集，題為「喜會」，卻是感慨良多。全詩結構綿密而抒寫曲折，語似尋常但蘊情深切，使人讀來有浩蕩不盡之感。

賦得暮雨送李胄[1]

楚江微雨裏[2]，建業暮鐘時[3]。漠漠帆來重，冥冥鳥去遲[4]。海門深不見[5]，浦樹遠含滋[6]。相送情無限，霑襟比散絲[7]。

注釋

1 賦得：古時友朋分題作詩，分到的詩題稱「賦得」。此詩題「暮雨」，故作「賦得暮雨」。李胄：或作「李曹」，生平不詳。2 楚江：指屬古楚國境內的一段長江。3 建業：今江蘇南京市。4 冥冥：形容天色昏黑，也形容雨密。5 海門：指長江入海處。6 浦樹：指江邊的樹木。7 霑襟：淚濕衣襟。散絲：指密雨。

韓翃

韓翃（生卒年不詳），字君平，南陽（今屬河南）人，「大曆十才子」之一，尤擅七絕。其七絕「蘊藉含蓄，意在言外」。有《韓君平集》八卷，《全唐詩》編其詩三卷。

酬程近秋夜即事見贈[1]

長簟迎風早，空城澹月華。星河秋一雁，砧杵夜千家。節候看應晚，心期臥已賒[2]。向來吟秀句，不覺已鳴鴉。

注釋

1 程近：其人不詳。2 賒：遲。

劉眘虛

劉眘（shèn）虛（生卒年不詳），字全乙，洪州新吳（今江西奉新）人。為人淡泊，與王昌齡、孟浩然友善。其詩「情幽興遠，思苦語奇；忽有所見，便驚眾聽」。《全唐詩》存其詩一卷。

闕題 [1]

道由白雲盡，春與青溪長。時有落花至，遠隨流水香。閒門向山路[2]，深柳讀書堂。幽映每白日，清輝照衣裳[3]。

注釋　1 闕題：原題已佚失，標闕題。闕，同缺。2 閒門：幽居少客故門閒。3 清輝：指白日之光。

賞析與點評

詩中八句皆為景語，寫山間幽居暮春時節幽雅恬靜的環境。前四句由遠至近，從外到內，沿着入雲小徑，順着流花青溪，循着春色花香，虛實相間，聲、香、色俱全，極力渲染山間居處遠離塵囂的自然美好。再寫山路旁，山居木門雖設而常關，柳蔭深處的讀書堂深窈而清幽，雖是白日，只見日光清輝幽映。景中含情，氣象空明。

戴叔倫

戴叔倫（七三二—七八九），字次公，一字幼公，潤州金壇（今屬江蘇）人。累遷至撫州刺史，終容管經略使。晚年上表請為道士。有詩名，徐獻忠評其詩「情旨餘曠，而調頗促急」（《唐詩品》）。《全唐詩》編其詩二卷。

江鄉故人偶集客舍

天秋月又滿，城闕夜千重。還作江南會，翻疑夢裏逢。風枝驚暗鵲，露草泣寒蟲。羈（jī）旅長堪醉，相留畏曉鐘。

盧綸

盧綸（七四八—約七九九），字允言，河中蒲州（今山西永濟）人。大曆間考進士不中，因文才受宰相元載賞識而當了閿（wén）鄉尉，官至檢校戶部郎中。為「大曆十才子」之一。在代宗、德宗朝，詩名頗著，文宗尤愛其詩。尤其是他的《塞下曲》六首，勁健爽捷，「有盛唐之音」（賀裳《載酒園詩話又編》）。有《盧戶部詩集》十卷，已佚。《全唐詩》編其詩五卷。

送李端[1]

故關衰草遍[2]，離別正堪悲。路出寒雲外，人歸暮雪時。少孤為客早[3]，多難識君遲[4]。掩泣空相向[5]，風塵何所期[6]。

注釋

1 李端：字正己，趙州（今河北趙縣）人。「大曆十才子」之一。2 故關：故鄉。這裏指送別之地。3 少孤：指自己早年喪父。《孟子．梁惠王》：「幼而無父曰孤。」為客：古人稱離開家鄉謀生或做官為「作客」。4 君：指李端。5 空：徒然。6 風塵：指時世紛亂。何所期：何時能再相會。

賞析與點評

這是一首送別詩，前四句藉景抒情，極力鋪敍渲染離別的悲涼氣氛，奠定全詩深沉悲傷的基調。離人遠行時，寒雲低垂，送者不捨離去，目送遠方背影消失在雲外，直至暮雪紛飛，方踏雪歸去，一片寒雲暮雪的灰黯之中，更添依依離情。再結合身世之感，少孤且早為羈客，生活多難又可惜識君太遲，身世的悲苦加上世事多難，知交難尋，讓今日離別愈顯悲懷。最後寫終須一別，後期茫茫，只得吞聲淚下。全詩巧用倒裝，句法獨具匠心，意脈清晰，情景交融，文情相生。

李益

李益（七四八—約八二七），字君虞，鄭州（今屬河南）人，郡望隴西姑臧（今甘肅武威）。大曆四年（七六九）進士。曾幾度入節度使幕府為從事，隨軍出征邊塞。元和年間召還為都官郎中，以禮部尚書致仕。李益諸體皆工，其邊塞詩很著名，「多抑揚激厲悲離之作，高適、岑參之流也」（辛文房《唐才子傳》）。其七言絕句為中唐一絕，氣韻風骨，直追李白、王昌齡。今有《李益集》二卷行世，《全唐詩》編其詩二卷。

喜見外弟又言別 1

十年離亂後，長大一相逢。問姓驚初見，稱名憶舊容。別來滄海事 2，語罷暮天鐘。明日巴陵道[3]，秋山又幾重。

注釋

1 外弟：表弟。2 滄海事：典出葛洪《神仙傳》：「麻姑自説云：接侍以來，已見東海三為桑田。」後以滄海桑田比喻世事變遷。3 巴陵：唐郡名，在今湖南岳陽。

賞析與點評

詩人以自然明暢的語言，敍寫聚合離散之情。真實而動人地刻畫出久別重逢旋又分手，悲喜交集的複雜情感與亂世離散的感概。少小離別，只因多年離亂，不得相見，而分久倏逢，方有「問姓驚初見，稱名憶舊容」，暢談離後事；忘情而不知日暮已至，滄海桑田世事難卜，不言別情，別情已深寓於景語中。意境蒼茫杳遠，質樸中寓深情，準確而生動地表現出安史之亂這個特定環境下的情感體驗。

司空曙

司空曙（生卒年不詳），字文初，一字文明，廣平（今河北永年）人。大曆初中進士，當過右拾遺、長林丞，官終虞部郎中。司空曙為「大曆十才子」之一，其詩「婉雅閒淡，語近性情」（胡震亨《唐音癸籤》）。有《司空曙詩集》（一作《司空文明集》）二卷，《全唐詩》編其詩二卷。

雲陽館與韓紳宿別[1]

故人江海別，幾度隔山川。乍見翻疑夢[2]，相悲各問年[3]。孤燈寒照雨，深竹暗浮煙。更有明朝恨[4]，離杯惜共傳[5]。

注釋

1 雲陽：縣名，在今陝西涇陽縣。館：驛站館舍。韓紳：一作「韓升卿」，疑即韓紳卿。韓愈有叔父名韓紳卿，曾任涇陽縣令。宿別：同宿後告別。2 翻：反。3 問年：詢問幾年來的情況。4 明朝恨：指明早離別之恨。5 共傳：傳杯共飲。

喜外弟盧綸見宿[1]

靜夜四無鄰，荒居舊業貧。雨中黃葉樹，燈下白頭人。以我獨沉久，愧君相見頻。平生自有分（fèn）[2]，況是蔡家親[3]。

注釋

1 盧綸：中唐詩人。見宿：來住宿。「見」一作「訪」。2 分：緣分。3 蔡家親：指表親。一作「霍家親」，亦指表親。

賞析與點評

詩人性耿介，不善干謁權貴，詩中鋪敍荒村獨居的窮愁潦倒，詩題為「喜」，但喜意未現，更多的是蒼涼哽咽之慨。前四句刻畫出孤清落寞之感，其中「雨中黃葉樹，燈下白頭人」將四個意象兩兩排列，純用白描，烘託形象逼真，義兼比興，深厚蘊藉。後四句扣題，寫表弟來訪，由獨處之悲，轉言相逢之喜，反正相生，構思精細，沉摯深厚。

賊平後送人北歸[1]

世亂同南去，時清獨北還[2]。他鄉生白髮，舊國見青山[3]。曉月過殘壘，繁星宿故關。[4]寒禽與衰草，處處伴愁顏。

注釋

1 賊平：指安史之亂被平定。2 時清：時世安定。3 舊國：故鄉。4「曉月」二句：想像友人北歸途中的艱辛。殘壘，廢棄的營壘。故關，來路的關隘。

劉禹錫

劉禹錫（七七二—八四二），字夢得，洛陽（今屬河南）人。當過太子校書、監察御史等。永貞間，參與王叔文革新活動，憲宗立，貶朗州司馬，幾經貶黜復出，入朝為太子賓客、分司東都。後改秘書監分司，加檢校禮部尚書。世稱「劉賓客」。劉禹錫詩才卓著，白居易推之為「詩豪」，稱其詩「其鋒森然，少敢當者」（《劉白唱和集解》）。劉禹錫的民歌體組詩很有特色，尤以《竹枝詞》最受稱道。有《劉夢得文集》四十卷，《全唐詩》編其詩十二卷。

蜀先主廟[1]

天地英雄氣[2]，千秋尚凜然。勢分三足鼎[3]，業復五銖（zhū）錢。[4]得相能開國，生兒不象賢。淒涼蜀故伎，來舞魏宮前。

注釋

1 蜀先主：指三國時蜀主劉備。蜀先主廟在夔州，即今重慶市奉節縣。2 天地英雄：專指劉備的英雄氣概。「地」一作「下」。3 三足鼎：劉備建立蜀漢，與魏、吳三分天下，成鼎足之勢。4「業復」句：意謂劉備的事業是要復興漢室。五銖錢，漢時通行貨幣，為漢武帝所立，新莽代漢時，曾廢止不用；光武帝興漢，重鑄五銖錢，天下稱便。

賞析與點評

這是劉禹錫任夔州刺史時憑弔先主廟而作的懷古詠史詩，內容以議論為主，哀弔為輔。結構謹嚴，半詠盛德，半歎業衰，弔古傷今，立意超卓。表達詩人對其時君上昏庸，朝政腐敗的深切感慨。

張籍

張籍（約七六六—約八三〇），字文昌，吳郡（今江蘇蘇州）人，後遷居和州烏江（今安徽和縣）。貞元十五年（七九九）進士，官至水部員外郎、國子司業，世稱「張水部」或「張司業」。張籍工詩，尤以樂府詩最受人稱道。白居易賦詩稱頌張籍「尤工樂府詩，舉代少其倫」，「風雅比興外，未嘗著空文」（《讀張籍古樂府詩》）。由於詩風與王建相近，宋代人常以「張王」並稱。有《張司業集》八卷，《全唐詩》編其詩五卷。

沒蕃（bō）故人[1]

前年戍月支（ròu zhī）[2]，城下沒（mò）全師[3]。蕃漢斷消息，死生長別離。

無人收廢帳，歸馬識殘旗。欲祭疑君在，天涯哭此時。

注釋 1沒：消失。蕃：吐蕃，古代藏族建立的政權。2戍：此指出征。月支：又作月氏，漢西域國名，此借指吐蕃。3沒：覆滅。

賞析與點評

詩人有友人在唐蕃戰爭中失蹤，為弔祭其英靈而作此詩，並加入對沙場淒涼景象的描述，渲染悲劇氣氛。篇末言設奠遙祭，但心中猶存九死一生的希望，悲痛難抑，只能哭望天涯。二句如話家常，語極平淡而意極沉痛，將對故友的情誼與不捨，以及此時且驚且痛且疑的複雜心情表現得細緻而深刻。

白居易

草[1]

離離原上草[2]，一歲一枯榮。野火燒不盡，春風吹又生。遠芳侵古道[3]，晴翠接荒城[4]。又送王孫去，萋萋滿別情。[5]

注釋

1 此題一作《賦得古原草送別》。據說此詩為白居易十六歲時所作，但此說僅為傳聞，並不可靠。2 離離：形容草茂盛。3 遠芳：指遠處的綠草。4 晴翠：指晴空下的青山。5「又送」二句：化用《楚辭．招隱士》「王孫遊兮不歸，春草生兮萋萋」之意。王孫，指遠行之遊子。萋萋，形容草茂盛。

賞析與點評

相傳詩人以此詩見賞於顧況，並因此而聲名大振。不管傳説是否屬實，但此詩極平淡，亦極新奇，為詩人成名之作。新奇之處在於打破以草色淒迷寄寓別情的傳統，而是以豐盛繁茂的春草作為寄託，「一歲一枯榮」不言榮枯，而言枯榮，不僅道出原上草秋枯春榮的生長規律，更突出其循環無已，強大的生命力，為下文蓄勢。「野火燒不盡，春風吹又生」承「枯榮」寫來，一寫枯，一寫榮，對仗巧妙流暢，語勢生動流轉，描繪出醒目而壯觀的場面，將生生不息的理念形象化，有一種鼓舞人心的力量。以「遠芳」、「晴翠」代喻春草，言其可「侵古道」、「接荒城」，以「古道」與「荒城」之荒寂寥廓，反襯芳草之勃勃生機，以「侵」與「接」點染春草活力。在這「離離」與「萋萋」春草中，別情雖然惆悵，但不再悲涼，而是深蘊勸勉與鼓勵。全詩扣緊「古原草送別」詩題而作，立意超俗，設想新穎，意境完整，為賦得體詩之佳作。

杜牧

杜牧（八〇三—八五三），字牧之，京兆萬年（今陝西西安）人。大和二年（八二八）進士，歷官中央與地方，官終中書舍人。杜牧慷慨有大略，詩文並擅。工近體，七絕詠史更議論開闢，思想深邃，為一時之冠。他作詩力求「苦心為詩，唯求高絕，不務奇麗，不涉習俗，不今不古，處於中間」（杜牧《獻詩啟》）。當時人評其詩情致豪邁，人號為「小杜」，與李商隱並稱「小李杜」。有《樊川文集》二十卷，《全唐詩》編其詩八卷。

旅宿

旅館無良伴，凝情自悄然[1]。寒燈思舊事，斷雁警愁眠[2]。遠夢歸侵曉，[3]家書到隔年。滄江好煙月，門繫釣魚船。

注釋

1 悄然：指心情憂鬱。2 斷雁：離羣之雁。警：驚醒。3「遠夢」句：因距家遙遠，夢魂歸家也要天破曉時才能到達。侵曉，破曉。

賞析與點評

在詩人巧妙的剪裁熔鑄下，這首寫旅況寂寞的羈旅詩，在悱惻低迴之中，特寓坳峭，自有神韻。詩以旅中獨宿、黯然失神起筆，寒燈影、孤雁聲，形聲皆備，狀盡孤獨寂寞之景，進一步烘託旅宿生活之淒清。再寫思鄉之切，雁聲驚夢，好夢難成，縱然入夢，夢歸也難；鄉關路遙，家書難遞，縱有片紙隻字亦已是隔年舊函。詩人最後宕開一筆，寫豔羨門外江上美好風月的自由閒適，反襯此時羈旅行役，困於異鄉的幽恨閒愁。結構嚴整，章法巧妙。

許渾

許渾（生卒年不詳），字用晦，一字仲晦，潤州丹陽（今屬江蘇）人。大和六年（八三二）進士，官至虞部員外郎，睦、郢二州刺史。許渾多作律詩，尤工於七律，在晚唐「以精密俊麗見稱」（徐獻忠《唐詩品》）。有自編《丁卯集》三卷，《全唐詩》編其詩十一卷。

秋日赴闕題潼關驛樓[1]

紅葉晚蕭蕭，長亭酒一瓢[2]。殘雲歸太華（huà）[3]，疏雨過中條[4]。樹色隨關迥[5]，河聲入海遙。帝鄉明日到[6]，猶自夢漁樵[7]。

注釋

1 **闕**：宮門前的望樓，此處代指都城長安。**潼關**：在今陝西潼關縣。**驛樓**：即驛站。2 **長亭**：此泛指路邊亭舍。古時大道旁十里設一長亭，五里設一短亭，作為旅客休歇之所，與驛站有共同之處。3 **太華**：即華山。此處為與附近的少華山相區別，故稱太華。4 **中條**：中條山，在今山西永濟縣，位於太行山與華山之間。5 **迥**：遠。6 **帝鄉**：指都城長安。7 **漁樵**：捕魚打柴，指隱居生活。

賞析與點評

此詩寫詩人赴京述職考選，將近都城時登樓遠眺的景色，先寫近景，時屆深秋，殘雲疏雨中落葉蕭蕭，蒼涼而寥落，遍地紅葉，添加了一抹哀麗。再寫遠眺，太華、中條二山橫空連綿，雲霧繚繞，綠樹蒼莽，黃河洶湧，濤聲拍岸，向海奔騰而去，山長水闊，有聲有色，描繪出蒼茫雄渾的山河圖。尾聯述志，「帝鄉明日到，猶自夢漁樵」的心境，為此詩詩旨，反映詩人以山野獨善為初志，出仕任職時亦常懷歸田之心。此詩格調豪麗，境界高遠，為晚唐詩中的佳作。

早秋

遙夜泛清瑟[1]，西風生翠蘿。殘螢棲玉露，早雁拂金河[2]。高樹曉還密，遠山晴更多。淮南一葉下，[3]自覺洞庭波。[4]

注釋

1 遙夜：長夜。泛：彈奏指法。瑟：古代樂器。2 金河：秋天的銀河。據古時五行說，秋季屬金。3「淮南」句：《淮南子．說山訓》有「見一葉落而知歲之將暮」語，此句化用此典。4「自覺」句：《楚辭．九歌．湘夫人》有「嫋嫋兮秋風，洞庭波兮木葉下」句，此句化用此典。此句與上句感慨初秋黃葉飄零，歲暮將至。

賞析與點評

此詩為詠初秋之作，詩中句句切合題旨，清瑟主秋聲，西風初起，風傳瑟音，更添秋意。而殘螢棲露，秋雁南歸，秋空高晴，曉日下樹葉茂密，層山高遠遼闊，上下交錯，遠近縱橫，組成早秋風景圖。尾聯巧用典故，秋風起，一葉落而知秋至，靈活貼切，富含哲理。全詩情韻清美，意脈貫通，是一首頗為精彩的節令詩。

李商隱

蟬

本以高難飽，徒勞恨費聲。[1]五更疏欲斷，[2]一樹碧無情。薄宦梗猶泛[3]，故園蕪已平。煩君最相警，我亦舉家清。

注釋

1「本以」二句：蟬身居高樹，難以飽腹，雖然恨聲悲鳴，卻也只是徒勞。高難飽，古人認為蟬是棲息高樹、餐風飲露的，故說「高難飽」。2「五更」句：寒蟬悲鳴徹夜，至五更時，稀疏幾聲，已近斷絕。3薄宦：官職卑微。梗猶泛：典出《戰國策・齊策》：土偶人對桃梗說：「今子東國之桃梗也，刻削子以為人，降雨下，淄水至，流子而去，則子漂漂者將何如耳。」後以梗泛比喻飄泊無依。梗，樹枝。

賞析與點評

此詩為詠蟬詩名篇，詩人藉詠蟬寄寓身世情懷。全詩以蟬喻己，詠蟬與抒情結合，物我合一，秋蟬之悲鳴，正是詩人不平之鳴。全詩立意超卓，章法靈活多變，意脈貫通，神韻悠揚。

風雨

淒涼寶劍篇[1]，羈泊欲窮年[2]。黃葉仍風雨，青樓自管絃[3]。新知遭薄俗[4]，舊好隔良緣。心斷新豐酒，[5]銷愁斗幾千[6]？

注釋

1《寶劍篇》：一名《古劍篇》。2 窮年：終年。3 青樓：指豪貴之家。4 新知：新交的知己。薄俗：淺薄世俗。5「心斷」句：自己再不會有馬周那樣的幸遇了。心斷，猶絕望。新豐酒，典出《新唐書・馬周傳》：馬周遊長安，宿新豐旅店，遭店主慢待，便取酒獨飲。後馬周得唐太宗賞識，授監察御史。比喻窮而後達。6 斗幾千：一作「又幾千」。

落花

高閣客竟去[1]，小園花亂飛。參差（cēn cī）連曲陌[2]，迢遞送斜暉[3]。腸斷未忍掃，眼穿仍欲歸[4]。芳心向春盡[5]，所得是霑衣[6]。

注釋

1竟：終於。2參差：形容花影之錯落迷離。曲陌：彎曲的小路。3迢遞：遙遠的樣子。4歸：一作「稀」。5芳心：指花，又指惜花之心。6霑衣：眼淚。

涼思

客去波平檻（jiàn）[1]，蟬休露滿枝[2]。永懷當此節，倚立自移時[3]。北斗兼春遠[4]，南陵寓使遲[5]。天涯占夢數（shuò）[6]，疑誤有新知。

注釋

1檻：欄杆。2蟬休：蟬停止鳴叫，指夜深了。3移時：季節更替。4北斗：北斗星，此指京城。兼：與。5南陵：唐宣城縣（今安徽南陵縣）。寓使：因出使而流寓異地。6占夢：即圓夢，據夢中見聞預測人事吉凶。數：多次。

北青蘿[1]

殘陽西入崦（yān）[2]，茅屋訪孤僧。落葉人何在，寒雲路幾層？獨敲初夜磬[3]，閒倚一枝藤[4]。世界微塵裏，[5]吾寧愛與憎[6]。

注釋

1 北青蘿：地名，在王屋山中。2 崦：指崦嵫山，泛指夕陽在山。《山海經》裏記載，崦嵫山是日落之地。3 初夜：夜之初。4 藤：藤製手杖。5「世界」句：此句是說，大千世界都在小小的微塵之中，為佛家常語。《法華經》：「譬如有經卷，書寫三千大千世界事，全在微塵中。」6 寧：為甚麼。

賞析與點評

此詩寫訪僧悟禪，但細讀之下並無悟道禪定之感，而是充斥着強烈的蕭瑟孤獨，就連悟道之說也像是聊以自慰而已，這正折射出詩人心中愛憎欲放而不能放的無奈與悲哀。

溫庭筠

溫庭筠（約八〇一——約八七〇），本名岐，字飛卿，太原祁（今山西祁縣）人。才情敏捷，每入試，八叉手而成八韻，人號「溫八叉」。因恃才傲物，放浪不羈，又好譏權貴，故屢試不第，仕途坎坷，官終國子助教，世稱「溫助教」。溫庭筠詩與李商隱齊名，時號「溫李」。為詩華豔綺麗，賀裳評其詩：「大抵溫氏之才，能瑰麗而不能澹遠，能尖新而不能雅正，能矜飾而不能自然；然警慧處，亦非流俗淺學所易及。」（《載酒園詩話又編》）有《溫飛卿集》七卷，別集一卷。《全唐詩》編其詩九卷。

送人東遊[1]

荒戍落黃葉[2]，浩然離故關[3]。高風漢陽渡，初日郢（yǐng）門山[4]。江上幾人在？天涯孤櫂還。何當重相見[5]？樽酒慰離顏[6]。

注釋

1 東遊：一作「東歸」。2 荒戍：廢棄的營壘。3 浩然：《孟子．公孫丑》：「予然後浩然有歸志。」此用其語。4 漢陽渡：在今湖北武漢。郢門山：即荊門山，在今湖北宜都縣北、長江南面。5 何當：何時。6 樽酒：即杯酒。樽，古時盛酒之具。

賞析與點評

詩人秋日送別友人還鄉，起句寫秋日荒蕪景象，蕭瑟的氣氛襯託出離別的悲涼；次句卻筆意陡轉，以浩然遠志盡掃衰殘之氣，高拔超邁。頷聯承接次句氣勢，「高風」「初日」賦予荊山楚地雄渾高遠的意象，後四句寫離別時對舊交星散以及友人獨行仍有不忍與感概，並以設想他日與舊友重逢的情景作結，依依情深，傷別卻不悲慘，意境開闊。

馬戴

馬戴（生卒年不詳），字虞臣，曲陽（今江蘇東海）人。馬戴與姚合、賈島等詩人友善，尤長五律，「不墜盛唐風格」。有《馬戴詩》一卷，《全唐詩》編其詩二卷。

灞上秋居[1]

灞原風雨定，晚見雁行頻[2]。落葉他鄉樹，寒燈獨夜人。空園白露滴，孤壁野僧鄰。寄卧郊扉久[3]，何年致此身[4]。

注釋

1 灞上：在今西安市東灞水南岸白鹿原上，故首句又稱「灞原」。2 雁行頻：雁陣多次飛過。3 郊扉：此指郊外茅屋。4 致此身：指入仕為官，為君出力。語出《論語・學而》：「事君能致其身。」

楚江懷古[1]

露氣寒光集，微陽下楚丘[2]。猿啼洞庭樹，人在木蘭舟。廣澤生明月[3]，蒼山夾亂流。雲中君不見，竟夕自悲秋。

注釋

1 題下原有詩三首，此為其一。楚江：此指湘江。2 楚丘：楚地之山。3 廣澤：廣大的水域，指洞庭湖。

賞析與點評

詩人初貶龍陽尉，途經洞庭，藉懷古之名，寫洞庭之景，訴心中之怨。尾聯以懷《楚辭・九歌》中之雲中君，引出對屈原弔懷之情與自比之義。情景契合，清秀淡遠，情致深婉。

張喬

張喬（生卒年不詳），池州（今安徽貴池）人。咸通年間應進士舉，其詩擅場。與許棠、鄭谷等被譽為「咸通十哲」。黃巢兵起後，歸隱九華山。《唐摭言》稱其「詩句清雅，夐無與倫」。有《張喬詩集》二卷，《全唐詩》編其詩二卷。

書邊事[1]

調角斷清秋[2]，征人倚戍樓[3]。春風對青塚[4]，白日落梁州[5]。大漠無兵阻，
窮邊有客遊。蕃情似此水，長願向南流。[6]

注釋

1書：寫。邊：邊地。2調角：吹角。角，軍中樂器。3戍樓：兵士戍防的城樓。4青塚：指昭君墓，在今內蒙古呼和浩特西南。據說塞外草枯，只有昭君墓上草色青青，故又名青塚。5梁州：在今陝西南鄭，此泛指邊塞地域。6「蕃情」二句：以南流之水比喻蕃情，希望吐蕃能長久地歸附中央政權。蕃情，指吐蕃人的心情。

賞析與點評

詩人於清秋時節，遊歷邊塞，寫下所見所感。此時干戈消偃，蕃情歸順，因此號角不鳴，征人無事。縱是清秋時節，仍是陽光和煦，昭君塚上草色青青，亦如同在春風之中。登樓遠望，千里烽煙盡熄，遠客來訪，尾聯直言邊地無犯。詩中以高昂的筆調，透過種種意象描繪出邊疆無事、安定平和的景象，「一氣直書，而仍頓挫」，是首別具一格的邊塞詩。

崔塗

崔塗（生卒年不詳），字禮山，睦州桐廬（今屬浙江）人。光啟四年（八八八）進士。他家境貧寒，一生四處飄泊，因而其詩多羈旅離怨之作。辛文房稱其詩「深造理窟，端能竦動人意；寫景狀懷，往往宣陶肺腑」（《唐才子傳》）。有《崔塗詩》一卷，《全唐詩》編其詩一卷。

除夜有懷[1]

迢遞三巴路[2]，羈危萬里身[3]。亂山殘雪夜，孤燭異鄉人。漸與骨肉遠，轉於僮僕親。那堪正飄泊，明日歲華新。

注釋

1 此詩一題作《巴山道中除夜書懷》。除夜：除夕之夜。2 迢遞：形容遙遠。3 羈危：指流落於危險的蜀道上。

孤雁

幾行歸塞盡[1]，念爾獨何之[2]？暮雨相呼失，寒塘欲下遲。渚雲低暗度[3]，關月冷相隨。未必逢矰繳（zēng zhuó）[4]，孤飛自可疑[5]。

注釋

1 行：列，指雁陣。塞：指塞上。2 爾：你，指孤雁。3 渚：水中小洲。4 矰繳：即指箭。矰，時射鳥用的拴絲繩的箭。繳，繫在箭上的絲繩。5 可疑：令人擔憂。

賞析與點評

詩人一生漂泊，此詩詠孤雁，寄託自己漂泊流離的孤獨之感和憂危心理。詩人傾注全部情感於孤雁的形象之中，體物言情極其深微精細，用詞準確傳神，達到略形取神的境界。

杜荀鶴

杜荀鶴（八四六—九〇四），字彥之，號九華山人，池州石埭（今安徽石台）人。大順二年（八九一）進士，後充翰林學士。杜荀鶴有詩名，胡震亨形容其詩「以哀調寫哀代，事情亦真切」（《唐音癸籤》）。有《杜荀鶴文集》三卷，《全唐詩》編其詩三卷。

春宮怨[1]

早被嬋娟誤，欲妝臨鏡慵[2]。承恩不在貌[3]，教妾若為容[4]。風暖鳥聲碎，日高花影重。年年越溪女，相憶採芙蓉[5]。

注釋　1 此詩一說是周樸所作。2 嬋娟：容貌美麗。3 慵：懶。4 若為容：怎樣梳妝打扮。5 越溪女：指西施。芙蓉：荷花。

賞析與點評

詩人藉詠宮怨，寄託幽寂鬱悶之情，但特別之處在於怨懟之處不在終老不幸，亦非色衰失寵，而是早年因「嬋娟」所誤，如今卻「承恩不在貌」。風暖日高，鳥語花香，本是陽春麗景，以美景襯出怨情愈深，並引出下聯對昔日青春美好生活的回憶，兩相對照之下，宮中生活益顯窒息、苦悶。詩人精於煉字，鳥聲「碎」，花影「重」，二句甚受時人讚譽。寫宮女之盼君恩，怨情含而不露，更寓意於朝廷不重賢才。

韋莊

韋莊（約八三六—九一〇），字端己，京兆杜陵（今陝西西安）人，韋應物四世孫。乾寧元年（八九四）進士，授校書郎。曾奉使入蜀。後留蜀協助王建稱帝，官至宰相。韋莊在晚唐詩壇是最好的詩人之一，詩自然流暢、清麗淒婉，亦是晚唐、五代重要詞人，花間派之代表，與溫庭筠齊名，史稱「溫韋」。有《浣花集》十卷，《全唐詩》編其詩六卷。

章台夜思

清瑟怨遙夜，繞絃風雨哀。孤燈聞楚角，殘月下章台。芳草已云暮，故人殊未來。鄉書不可寄，秋雁又南迴。

皎然

皎然（生卒年不詳），俗姓謝，字清晝，湖州長城（今浙江長興）人。開元天寶間出家。交遊廣泛，詩名頗著。其詩「極於緣情綺靡，故辭多芳澤；師古興制，故律尚清壯」，為大曆、貞元年間江南詩人代表人物。有《杼山集》（一作《皎然集》）十卷，《全唐詩》編其詩七卷。

尋陸鴻漸不遇[1]

移家雖帶郭[2]，野徑入桑麻。近種籬邊菊，秋來未着花。扣門無犬吠，欲去問西家。報道山中去[3]，歸來每日斜。

注釋

1 陸鴻漸：陸羽，字鴻漸，竟陵（今湖北天門）人。隱居苕溪，著有《茶經》，後被奉為茶神。2 帶郭：指鄉間靠近城牆之地。3 報道：回答道。

賞析與點評

詩人訪遷居好友而不遇，在寫尋與不遇的過程中，活畫出陸羽疏放不俗、隨緣任運的隱士形象。家居近城，卻又具桑麻之趣，築籬植菊，卻近秋未開花，門掩卻無犬，寫出環境的靜謐，以及閒適生活中隱逸的情趣。最後的問答刻畫出瀟灑自在、閒雲野鶴的意態。全詩以散筆寫成，自然混成，清空如畫，表現出乘興而來，盡興而歸的風趣，不着一詞，禪意悠長。

七言律詩　五十一首

七言律詩，簡稱「七律」，近體詩的一種，源於七言古體。與起於南北朝，成熟於唐初，至杜甫臻至爐火純青之境。格律嚴密，每首八句四韻或五韻，每句七個字，中間兩聯必須對仗，第二、四、六、八句押韻，首句可押可不押，七言律詩首句入韻為正格，不入韻是變格。通常押平聲韻。其押韻的音韻標準為中古音韻系統，即南北朝至隋唐時期漢語的語音。根據其平仄，定格為四式：首句平起入韻式、首句平起不入韻式、首句仄起入韻式、首句仄起不入韻式。

七言律詩是中國古典詩歌最成熟的一種體裁，最為唐以後歷代文人傾心，可以充分表達詩人強烈的主觀感受。有唐一代，七律聖手有王維、杜甫、李商隱、劉長卿等。

崔顥

崔顥（約七〇四—七五四），汴州（今河南開封）人。開元十一年（七二三）進士。官至司勛員外郎。崔顥以才力著稱，邊塞之作「風骨凜然」（殷璠《河嶽英靈集》），其樂府歌行富贍委婉，情致真切。尤其是《黃鶴樓》詩，極負盛名，被嚴羽評為唐人七律之首。有《崔顥詩》一卷，《全唐詩》編其詩一卷。

黃鶴樓[1]

昔人已乘黃鶴去[2]，此地空餘黃鶴樓。黃鶴一去不復返，白雲千載空悠悠。晴川歷歷漢陽樹[3]，芳草萋萋鸚鵡洲[4]。日暮鄉關何處是[5]？煙波江上使人愁。

注釋

1 黃鶴樓：在今湖北武漢黃鶴山西北黃鶴磯上，面江而立。傳說是因仙人王子安乘黃鶴路經此地而得名。2 昔人：指傳說中的仙人。3 歷歷：分明的樣子。漢陽：在今武漢漢陽，與黃鶴樓隔江相望。4 鸚鵡洲：長江中的小沙洲，在武漢市西南長江中，相傳因東漢禰衡曾作《鸚鵡賦》而得名。5 鄉關：故鄉。

賞析與點評

此詩攬勝抒懷，寓情於景，冶神話與現實於一爐，虛實古今相勾連，一氣轉折，舒捲自如，「意得象先，神行語外」，格調蒼莽高遠。被嚴羽稱為「唐代七律詩，當以此為第一。」（《滄浪詩話》），為題黃鶴樓之絕唱。

行經華陰[1]

岧嶢（tiáo yáo）太華俯咸京[2]，天外三峯削不成[3]。武帝祠前雲欲散[4]，仙人掌上雨初晴[5]。河山北枕秦關險[6]，驛路西連漢畤（zhì）平[7]。借問路旁名利客，何如此地學長生？

注釋

1 **華陰**：今陝西華陰縣，城在華山腳下。2 **岧嶤**：山勢高峻的樣子。**太華**：華山。因潼關西面有少華山，以示區別。**咸京**：即咸陽，因咸陽為秦之京城，故稱。此處代指長安。3 **三峯**：指華山最高的蓮花、玉女、明星三峯。**削不成**：意謂非人力所能削成。語本《山海經．西山經》：「太華之山，削成而四方。」4 **武帝祠**：指巨靈祠，為漢武帝登華山仙人掌峯時下令所建。相傳是巨靈神為使河水暢流，將華山劈開，分為太華、少華。5 **仙人掌**：即仙人掌峯。相傳為巨靈神劈開華山時的手跡，在華山東峯。6 **秦關**：指秦函谷關。7 **驛路**：即大路。**漢畤**：在今陝西鳳翔縣。畤為帝王祭天地五帝之祠。

賞析與點評

詩人在天寶年間曾經二進長安，此詩寫詩人路經華陰時的所見所感。前六句全為寫景，最後抒寫意欲出世之慨，表現出開元之世時，俊彥渴望一展所長，卻又厭惡爾虞我詐之官場，心羨隱居生活的矛盾心情。全詩大氣磅礴，風格峻峭。

祖詠

祖詠（生卒年不詳），洛陽（今屬河南）人。開元十二年（七二四）進士。頗有文名，與王維、儲光羲、王翰等唱和，終身未入仕。所作多山水田園詩，凝練精緻。殷璠評其詩「剪刻省淨，用思尤苦，氣雖不高，調頗凌俗」（《河嶽英靈集》）。有《祖詠詩》一卷，《全唐詩》編其詩一卷。

望薊（jì）門[1]

燕台一去客心驚[2]，笳鼓喧喧漢將營[3]。萬里寒光生積雪，三邊曙色動危旌[4]。
沙場烽火侵胡月[5]，海畔雲山擁薊城[6]。少小雖非投筆吏[7]，論功還欲請長纓[8]。

注釋

1 薊門：薊門關，在今北京市。2 燕台：即幽州台。一名薊北樓。相傳燕昭王在此築黃金台以招攬天下賢士。3 漢將營：指唐將軍營。4 三邊：古稱幽、并、涼三州為三邊。危旌：高揚的旗幟。5 胡月：指邊地之月。6 海畔：因薊門關地近渤海，故稱海畔。薊城：即薊門關。7 投筆吏：典出《後漢書．班超傳》。班超原為抄寫文書的小吏，一天投筆歎道：「大丈夫……當立功異域，以取封侯，安能久事筆硯間乎？」8 論功：指論功封賞。請長纓：典出《漢書．終軍傳》。終軍出使南越，對漢武帝説：「願受長纓，必羈南越王而致之闕下。」後因以請纓謂自告奮勇。

賞析與點評

詩人遙望薊門邊地的山川形勝，弔古而感今，生發投筆請纓、立功疆場的報國熱情。詩由登上燕台遠眺起筆，「驚」字總領全詩，在遮天蔽月的烽火中，邊城孤拔卓立於雲天之間。如此悲壯的氣氛下，順勢而出，連用典故，寫出投筆從戎、建功邊地的雄心壯志。結構謹嚴，意脈清晰，寫景遼闊莊偉，抒情豪健慷慨。

崔曙

崔曙（?—七三九），原籍博陵（今河北安平），寓居宋州（今河南商丘）。有詩名，與薛據友善。殷璠選其詩六首入《河嶽英靈集》，並評論曰：「署詩多歎詞要妙，清意悲涼，送別、登樓，俱堪淚下。」有《崔曙集》一卷，《全唐詩》存其詩一卷。

九日登望仙台呈劉明府[1]

漢文皇帝有高台，此日登臨曙色開。三晉雲山皆北向[2]，二陵風雨自東來[3]。關門令尹（yǐn）誰能識[4]，河上仙翁去不回[5]。且欲近尋彭澤宰[6]，陶然共醉菊花杯。

注釋

1 **九日**：指九月九日重陽節，古時有登高賞菊之舊俗。**望仙台**：漢文帝所築，在今陝西陝縣。**劉明府**：其人不詳。明府，縣令的尊稱。2 **三晉**：戰國時晉國被韓、趙、魏三家所分，後稱此三國為三晉，地屬今山西、河南北部、河北西部地區。3 **二陵**：崤山的南陵北陵合稱二陵，在今河南洛寧縣北。4 **關門令尹**：此即指尹喜，為函谷關掌關門的官吏。據説老子至關，關尹子（尹喜）留他著書，成《道德經》授之。後關尹子也隨他而去。5 **河上仙翁**：即河上公，晉人葛洪把他寫入《神仙傳》中。6 **彭澤宰**：指陶淵明。他曾任彭澤縣令，因不願為五斗米折腰，掛冠而去。此處指劉明府。

賞析與點評

此詩為重陽懷古投贈之作。全詩轉承自然，一氣呵成，意境雄闊。

李頎

送魏萬之京[1]

朝聞遊子唱離歌[2]，昨夜微霜初度河。鴻雁不堪愁裏聽，雲山況是客中過[3]。

關城曙色催寒近[4]，御苑砧聲向晚多[5]。莫見長安行樂處，空令歲月易蹉跎。[6]

注釋

1 魏萬：又叫魏顥，天寶、大曆年間詩人，隱居王屋山。之：往。2 遊子：指魏萬。3 客中：客遊四方途中。4 關城：指潼關城。5 御苑：皇家宮苑，此指長安城。砧聲：擣衣聲。6「莫見」二句：不要因為長安城是行樂之地，就讓歲月白白浪費掉。

李白

登金陵鳳凰台[1]

鳳凰台上鳳凰遊，鳳去台空江自流。吳宮花草埋幽徑[2]，晉代衣冠成古丘[3]。
三山半落青天外[4]，二水中分白鷺洲[5]。總為浮雲能蔽日[6]，長安不見使人愁。

注釋

1 **金陵**：今江蘇南京市。**鳳凰台**：在今南京鳳台山。相傳南朝元嘉年間有三隻狀如孔雀的彩鳥集於山，人謂鳳凰，因築鳳凰台，山也因此得名。2 **吳宮**：三國時吳國建都於金陵。3 **晉代**：東晉南渡後即建都金陵。**衣冠**：指名門望族。**古丘**：指古墓、墳丘。4 **三山**：指金陵西南臨長江的三座山峯。5 **二水**：一作「一水」，指秦淮河穿越金陵城而入長江，江中有白鷺洲，分水為二支。**白鷺洲**：長江中沙洲，因多聚白鷺而得名。6 **浮雲能蔽日**：古詩文中多有以「浮雲蔽日」來作比喻，有的喻鄉關之念，《古詩十九首》中有「浮雲蔽白日，遊子不顧反」語；有的喻奸邪之蔽賢良，漢陸賈《新語・慎微篇》：「邪臣之蔽賢，猶浮雲之障日月也。」有的喻未得帝王垂幸，《載記》：「秦苻堅幸慕容垂夫人，宦者趙整歌云：不見雀來入燕室，但見浮雲蔽白日。」李白此詩用何意，歷代說法紛紜。

賞析與點評

詩人這首登臨弔古之詩，歷代常以之與崔顥的《黃鶴樓》相比評。詩人藉晉明帝語，又參用陸賈之言，將歷史典故與眼前景物融合交織，既為六朝興衰作結，又融入自身的坎坷之感與不平之意，感事寫景，雖感慨淋漓，卻是怨而不怒，寫出獨特的感受。思想內容較崔詩更為豐富深遠，自有勝處。

高適

送李少府貶峽中王少府貶長沙[1]

嗟君此別意何如？駐馬銜杯問謫居[2]。巫峽啼猿數行淚，[3]衡陽歸雁幾封書[4]。
青楓江上秋帆遠[5]，白帝城邊古木疏。聖代即今多雨露[6]，暫時分手莫躊躇。

注釋

1 少府：官名，指縣尉。李、王二人事跡不詳。峽中：泛指四川東部。長沙：在今湖南。2 銜杯：喝送別酒。謫居：貶官之地。3 「巫峽」句：此句出古巴蜀民歌：「巴東三峽巫峽長，猿鳴三聲淚霑裳。」4 衡陽：在今湖南。相傳南飛之雁到衡陽的回雁峯即折回北方。又古時有鴻雁傳書的說法。5 青楓江：指瀏水，在長沙。6 雨露：喻指朝廷的恩澤。

賞析與點評

詩人為遭貶的朋友送行，妙在一詩同贈分貶二地的兩個人，並且分疏得當，非常難得，是送別詩中的翹楚。詩以反問嗟歎而起，「意何如」三字，至微至隱，無限含蓄，惜別之意浩然而生。三、四聯兩兩分寫，承首聯「問謫居」而出，「巫峽啼猿」、「白帝城」切李少府貶峽中，「衡陽歸雁」、「青楓江」則寫王少府貶長沙，以貶途中景色之淒涼，寓傷別之悲情，意象兩相交錯，交互迴蕩，形成淒涼悵惘的況味。尾聯合寫，回應首句，表達勸勉之意，但似怨似嘲，大無聊賴。全詩章法嚴密，一氣舒捲，格調高華朗曜。

岑參

和（hè）賈至舍人早朝大明宮之作[1]

雞鳴紫陌曙光寒[2]，鶯囀皇州春色闌[3]。金闕曉鐘開萬戶[4]，玉階仙仗擁千官[5]。
花迎劍佩星初落[6]，柳拂旌旗露未乾。獨有鳳凰池上客[7]，陽春一曲和皆難[8]。

注釋

1 又作《奉和中書賈至舍人早朝大明宮》。賈至賦詩後，杜甫、王維、岑參都有和詩。和：以詩互相唱和酬答。賈至：字幼鄰，洛陽人，天寶末年隨玄宗入蜀，肅宗即位，為中書舍人。舍人：即中書舍人，官名，專掌草擬詔旨、宣旨奏表等事，為文士之極任。大明宮：即唐時東內，又名蓬萊宮。2 紫陌：指京師的街道。3 囀：鳥啼聲。皇州：京城。闌：晚。4 金闕：金殿。萬戶：指皇宮中宮門。5 玉階：指大明宮的台階。仙仗：天子的儀仗。6 劍佩：帶劍、垂佩綬，都為高官之飾物。7 鳳凰池上客：指賈至。鳳凰池，也稱鳳池，指中書省。8 陽春：古曲名，即宋玉《對楚王問》中提到的《陽春》、《白雪》，「國中屬而和者不過數十人」，後以之比喻作品高妙而懂得的人很少。

附錄

早朝大明宮呈兩省僚友（賈至）

銀燭熏天紫陌長，禁城春色曉蒼蒼。千條弱柳垂青瑣，百囀流鶯繞建章。劍佩聲隨玉墀步，衣冠身惹御爐香。共沐恩波鳳池裏，朝朝染翰侍君王。

王維

和賈至舍人早朝大明宮之作[1]

絳幘（zé）雞人報曉籌[2]，尚衣方進翠雲裘[3]。九天閶闔開宮殿[4]，萬國衣冠拜冕旒[5]。日色纔臨仙掌動[6]，香煙欲傍袞龍浮[7]。朝罷須裁五色詔[8]，佩聲歸到鳳池頭[9]。

注釋

1 參上詩注1。2 絳幘：紅頭巾。雞人：據《漢官儀》，古時宮中不得養雞，負責報時的衛兵戴雞冠狀的紅頭巾，於朱雀門外高叫，如雞鳴報曉，故稱雞人。3 尚衣：唐時有尚衣局，專掌皇帝的服冕。翠雲裘：飾有綠色雲霞紋的皮衣，為天子之衣。4 九天：喻皇宮。閶闔：指宮門。5 萬國：泛指中原四裔。冕旒：此處指天子。旒指禮冠前後懸垂的玉串，天子之冕為十二旒。[6] 仙掌：承露金盤上的仙人手掌，漢武帝時立銅仙人舒掌擎盤以承甘露。此處可能支燈架或燭台作仙人舒掌擎盤之狀。一説指天子身後的障扇。[7] 香煙：指宮中香爐之煙。袞龍：指天子龍袍上的龍。袞，天子禮服，上繡龍，又稱龍袞。浮：指香煙在龍袍周圍浮動。[8] 五色詔：用五色紙書寫的詔書。[9] 佩聲：玉驪碰擊之聲。唐五品以上官員可佩玉佩。

賞析與點評

此詩與岑參同題詩寫作視角不同，改以描寫天子視朝貫穿全詩。未寫早朝具體行事，而是着力於刻畫早朝時的新鮮氣象與恢弘氣勢，正大中見精工新麗。

積雨輞川莊作[1]

積雨空林煙火遲[2]，蒸藜炊黍餉東菑（zī）[3]。漠漠水田飛白鷺，陰陰夏木囀黃鸝。
山中習靜觀朝槿[4]，松下清齋折露葵[5]。野老與人爭席罷[6]，海鷗何事更相疑？[7]

注釋

1 積雨：久雨。輞川莊：詩人晚年隱居的輞川別業。2 煙火遲：久雨後煙火之燃徐緩。3 藜：一種野菜。黍：黃米。餉東菑：把飯送到東邊新開的田地裏。菑，新開一年的土地，此泛指田地。4 習靜：道家靜坐守一的方法。觀朝槿：靜觀槿花，可以體悟人生短暫、榮枯無常之理。朝槿，木槿花早開午謝，故稱朝槿。5 清齋：素食之意。露葵：葵菜有「百菜之主」之稱。此指新鮮蔬菜。6 野老：王維自稱。爭席罷：是說自己已沒有倨傲損人之心，已與世無爭。爭席，典出《莊子．寓言》。楊朱倨傲驕矜，自見老子之後，學會了謙恭禮敬，人們也敢於與他爭坐席了。7「海鷗」句：我已無好勝損人之心，海鷗為甚麼還懷疑我呢？海鷗，典出《列子．黃帝》。有海邊好鷗者，每天與海鷗相親。後其父要他捉海鷗來玩，第二天，海鷗再也不與他親近了。

酬郭給事 1

洞門高閣靄餘暉 2，桃李陰陰柳絮飛。禁裏疏鐘官舍晚 3，省中啼鳥吏人稀 4。

晨搖玉佩趨金殿 5，夕奉天書拜瑣闈 6。強欲從君無那老 7，將因卧病解朝衣 8。

注釋

1 酬：一作「贈」。郭給事：其人不詳。給事，門下省之屬官，正五品上。2 洞門：指宮殿或深宅中重重相對又相通的門。靄：形容盛、多。3 禁裏：指宮中。4 省中：指門下省內。5 趨：小步急走，以示恭敬。6 天書：指皇帝詔書。瑣闈：有雕飾的門，此指宮門。7 無那：無奈。8 解朝衣：辭職之意。

賞析與點評

此詩為與郭給事唱和之作，背景為暮夜寓值省中，詩先描寫宮禁晚春、黃昏薄暮的情景，莊嚴富麗中卻有幽深淒迷之感。其中省中啼鳥，以動寫靜，反襯出官署內之閒靜。接着由景入事，由早朝趨殿到省中寓值，直寫郭給事的忠於職守、恭敬嚴謹，最後轉而抒寫歸休之志。雍容典雅，清華閒適中有富貴氣象。

杜甫

蜀相[1]

丞相祠堂何處尋？錦官城外柏森森[2]。映階碧草自春色，隔葉黃鸝空好音。三顧頻繁天下計[3]，兩朝開濟老臣心[4]。出師未捷身先死[5]，長使英雄淚滿襟！

注釋

1 蜀相：指諸葛亮。2 錦官城：成都別名，古代成都以產錦著名，設專官管理，故稱。武侯祠在成都城南門外，晉代李雄在成都稱王時所建。3 三顧：諸葛亮隱居襄陽隆中，劉備三請方出。顧，訪問。頻繁，一再煩勞。4 兩朝：指蜀漢劉備、劉禪兩朝。開濟：指諸葛亮佐劉備開國，助劉禪繼業。5 出師：出兵伐魏。建興十二年（二三四），諸葛亮興師伐魏，據五丈原，與魏司馬懿相持百餘日。八月，病死軍中。

賞析與點評

此詩是謁祠詩，句意沉摯悲壯，所悲者，豈止是諸葛一人，千古英雄有才無命者，都為其同聲一悲，言有盡而意無窮。

客至[1]

舍南舍北皆春水，但見羣鷗日日來。花徑不曾緣客掃[2]，蓬門今始為君開。盤飧（sūn）市遠無兼味[3]，樽酒家貧只舊醅（pēi）[4]。肯與鄰翁相對飲[5]，隔籬呼取盡餘杯。

注釋

1 原詩自注：「喜崔明府相過。」過，訪問。客，指崔明府。唐人稱縣令為明府。2 緣客掃：因為有客來而打掃。3 盤飧：泛指菜肴。飧，熟菜。無兼味：指菜少。兼味，多種味道。4 舊醅：未經過濾的隔年陳酒。5 肯：能否之意。

野望

西山白雪三城戍[1]，南浦清江萬里橋[2]。海內風塵諸弟隔[3]，天涯涕淚一身遙。
惟將遲暮供多病[4]，未有涓埃答聖朝[5]。跨馬出郊時極目[6]，不堪人事日蕭條[7]。

注釋

1 **西山**：即雪嶺，在成都西面，終年積雪，是岷山主峯。**三城**：指松（今四川松潘）、維（故城在今四川理縣西）、保（故城在理縣新保關西北）三州。此三城為蜀邊要鎮，為防吐蕃侵犯，有兵戍守。2 **清江**：錦江，在城外南郊。**萬里橋**：在成都城南。3 **風塵**：指戰亂不息。**諸弟隔**：與諸弟分隔。4 **遲暮**：比喻晚年，時杜甫五十歲。5 **涓埃**：一點點、絲毫。涓為細流，埃為微塵。6 **極目**：極盡目力遠望。7 **人事**：世事。

賞析與點評

憂國思家是此詩的主題，國患未靖，戰亂連年，導致家破人亡，骨肉離散。詩人獨居蜀中，遠望西山三城，心憂吐蕃連年擾邊；低望萬里橋，勾起出蜀歸鄉之思。不僅為兄弟天涯相隔不得相見而悲，更為自己遲暮多病、無力報國而深感惆悵。只見江山依舊但物事全非，不堪之感油然而發。言極傷痛，但意氣悲壯，自有寬廣蒼茫的氣勢。

聞官軍收河南河北

劍外忽傳收薊北[1]，初聞涕淚滿衣裳。卻看妻子愁何在[2]？漫捲詩書喜欲狂[3]。白日放歌須縱酒，青春作伴好還鄉[4]。即從巴峽穿巫峽，便下襄陽向洛陽。[5]

注釋

1 劍外：劍門以南地區稱劍外，即蜀地。收：收復。薊北：河北北部地方。2 卻看：回頭看。妻子：妻子兒女。3 漫捲：隨手捲起。4 青春：明媚春色。5「即從」二句：這是杜甫想像中的還鄉路線。巴峽，指巴縣（今四川重慶）一帶江峽總稱。巫峽，三峽之一，在今重慶市巫山縣。襄陽，今湖北襄陽。杜甫先世為襄陽人。洛陽，杜甫家在洛陽。「洛陽」句下原注云：「余田園在東京。」唐代東京即洛陽。

賞析與點評

廣德元年（七六三）春，史思明之子史朝義兵敗而死，其部將歸降，河南、河北地區相繼收復，安史之亂終於結束。經過八年等待，詩人聞聽光復薊北後，狂喜而泣，寫下此詩。整首詩全由這個忽傳的喜訊而生發，記錄了詩人在聞訊後一連串的感情變化。詩句大幅跳躍，意象頻繁轉換，直寫還鄉之路，節奏極其輕快。無一字不喜，無一字不躍，可謂「一氣如注，並異日歸程一齊算出，神理如生，古今絕唱也」（《硯齋詩談》）。

登高

風急天高猿嘯哀，渚清沙白鳥飛迴[1]。無邊落木蕭蕭下，不盡長江滾滾來。萬里悲秋常作客，百年多病獨登台[2]。艱難苦恨繁霜鬢[3]，潦倒新停濁酒杯。

注釋

1 渚：水中小洲。迴：迴旋。2 百年：一生。古人以上壽為百年。3 繁霜鬢：鬢邊白髮日增。

賞析與點評

此詩是杜甫七言律詩的代表作品，被評為古今七言律第一。詩境沉鬱悲涼，但筆勢雄峻奔放，構句精心，意象流動，形成開闊雄渾的氣象。對仗精密，聲律謹嚴，無論章法、句法、字法皆以奇為稱，但無限悲涼之意卻已溢於言外。

登樓

花近高樓傷客心，萬方多難此登臨。錦江春色來天地[1]，玉壘浮雲變古今[2]。北極朝廷終不改[3]，西山寇盜莫相侵[4]。可憐後主還祠廟，日暮聊為梁父吟。[5]

注釋

1 錦江：即濯錦江，一稱浣花溪，岷江的支流，流經成都城西。杜甫的草堂臨近錦江。2 玉壘：玉壘山，在今四川灌縣西。3 北極：北辰，北極星，比喻北方朝廷。4 西山寇盜：指吐蕃。5「可憐」二句：杜甫懷念諸葛亮，歎息唐王朝沒有諸葛亮一樣的英雄濟世匡君。劉禪後主祠在劉備先主祠的東邊，西邊為諸葛亮武侯祠。梁父吟，樂府曲名。諸葛亮躬耕南陽時，好為《梁父吟》。

宿府[1]

清秋幕府井梧寒，獨宿江城蠟炬殘。永夜角聲悲自語[2]，中天月色好誰看？風塵荏苒音書絕，關塞蕭條行路難。已忍伶俜（líng pīng）十年事[3]，強移棲息一枝安。

注釋

1 宿府：宿於幕府。古時軍隊出征，將領以幕帳為府署，稱幕府，後用指地方長官或節度使的衙門。2 永夜：長夜。3 伶俜：飄零困苦之意。十年，指自天寶十四年安祿山亂起至今已十年。

閣夜

歲暮陰陽催短景[1]，天涯霜雪霽寒宵[2]。五更鼓角聲悲壯[3]，三峽星河影動搖。[4]野哭幾家聞戰伐[5]，夷歌數處起漁樵[6]。卧龍躍馬終黃土[7]，人事音書漫寂寥。

注釋

1 陰陽：指日月。短景：冬季日短，故稱短景。2 霽：雨雪後天氣晴朗。3 鼓角：更鼓與號角。4「三峽」句：銀河星辰之影隨三峽之水而搖動。一寫江中夜景，另亦暗喻戰亂未已。三峽，長江之瞿塘峽、巫峽、西陵峽。星河，銀河。古時認為天上星辰位置動搖往往是有戰事的徵兆。5 戰伐：指此時蜀中崔旰、郭英、楊子琳等的混戰。6 夷歌：當地少數民族之歌。7 卧龍：諸葛亮又號卧龍先生。躍馬：指公孫述。公孫述在西漢末年乘亂據蜀，稱白帝。晉左思《蜀都賦》有「公孫躍馬而稱帝」句。

二人在夔州都有祠廟。

賞析與點評

杜甫寓居夔州西閣，正值秋冬之時，詩人感時憶舊，記下所聞所感。長久的離亂生活，詩人常是徹夜不眠。蜀中戰亂，五更時分，軍鼓號角聲從夜空劃過，雄壯而悲怨，三峽中星河的倒影也因之而振動。曉色朦朧中，時時傳來戰伐野哭之聲，但在這淒切的悲聲中，卻也伴隨着疏疏落落的漁樵夷歌之音。遠眺蜀中英雄祠廟，想及愚賢同歸一路，也曾各領風騷，如今亦皆是黃土白骨。詩人藉古人以自慰，雖是人事不遂，又何需嗟歎計較。正是這種在身世之感外對歷史興廢的深沉思考，使此詩超越了一時一地的感受，而有俯仰天地之慨與悵然無窮之思。

詠懷古跡　五首

其一

支離東北風塵際，飄泊西南天地間。[1] **三峽樓台淹日月，五溪衣服共雲山。**[2] **羯**

（jié）胡事主終無賴[3]，詞客哀時且未還。庾信平生最蕭瑟，暮年詩賦動江關。[4]

注釋

1「支離」二句：指作者在安史之亂期間，逃離長安，入蜀往來飄泊。支離，流離之意。風塵，指戰爭。2「三峽」二句：意謂作者在三峽、五溪地區都居住過。樓台，泛指房屋。淹日月，指經歷久遠。五溪，指雄溪、樠溪、酉溪、沅溪、辰溪，在今鄂貴交界處，為古代少數民族居住地。3 羯胡：指安祿山，亦指反南朝梁的侯景。4「庾信」二句：梁朝詩人庾信，早年詩賦風格綺艷，梁元帝時出使北周，被留不歸，常懷鄉國之思。作《哀江南賦》、《傷心賦》等以寄國仇家恨，風格轉為蒼涼剛健。

賞析與點評

此五首詩為杜甫於大曆年間流寓夔州時所寫的組詩，五首分詠五處古跡，但所詠古跡不專為懷古而作，對於古跡的描寫很少，而重於歷史人物的評論。寄意於微遠之間，藉題發揮，以澆詩人心中塊壘，富含蘊藉之致。

其二

搖落深知宋玉悲[1]，風流儒雅亦吾師。悵望千秋一灑淚，蕭條異代不同時。江山故宅空文藻[2]，雲雨荒台豈夢思[3]。最是楚宮俱泯滅，舟人指點到今疑。

注釋

1 宋玉：戰國楚人，其所作《九辯》：「悲哉，秋之為氣也，蕭瑟兮草木搖落而變衰。」2 故宅：宋玉在歸州與江陵皆有故宅，歸州即今湖北秭歸。3 雲雨荒台：宋玉曾作《高唐賦》，賦中寫楚王夜夢巫山神女，歡會之後，神女辭曰：「妾在巫山之陽，商丘之岨，旦為行雲，暮為行雨；朝朝暮暮，陽台之下。」陽台山，在今重慶市巫山縣。

其三

羣山萬壑赴荊門[1]，生長明妃尚有村[2]。一去紫台連朔漠[3]，獨留青塚向黃昏[4]。畫圖省（xǐng）識春風面，環珮空歸月夜魂[5]。千載琵琶作胡語，分明怨恨曲中論[6]。

注釋

1 荊門：荊門山，在湖北宜都縣西北。2 明妃：即王昭君，名嬙，漢元帝時宮人，朝廷與匈奴和親，嫁匈奴呼韓邪單于；晉時為避司馬昭名諱而改稱明妃。尚有村：昭君村在歸州東北四十里，唐時還留有昭君故居遺址，故說「尚有村」。3 紫台：帝王之宮。朔漠：北方沙漠。4 青塚：即昭君墓，在今內蒙古呼和浩特西南。5「畫圖」二句：省識，認識。春風面，指美貌。據《西京雜記》載：「元帝後宮既多，使畫工圖形，按圖召幸之。宮人皆賂畫工，昭君自恃其貌，獨不肯與，工人乃醜圖之，遂不得見。後匈奴入朝求美人，上案圖以昭君行。及去，召見，貌為後宮第一。帝悔之，而重信於外國，故不復更人。乃窮案其事，畫工毛延壽棄市。」環珮，指女子的裝飾品，此借指昭君。6「千載」二句：千年來流傳的《昭君怨》雖然是胡人音樂的風格，但曲中幽怨悵恨的鄉思還是聽得很清楚的。相傳王昭君在匈奴曾作怨思之歌，後人名為《昭君怨》。曲中論，曲中所傾訴之意。

其四

蜀主窺吳幸三峽[1]，崩年亦在永安宮[2]。翠華想像空山裏[3]，玉殿虛無野寺中[4]。
古廟杉松巢水鶴[5]，歲時伏臘走村翁[6]。武侯祠屋常鄰近，一體君臣祭祀同。

注釋

1 蜀主：指劉備。窺吳：企圖伐吳。幸：舊稱帝王駕臨曰幸。2 崩：舊稱帝王死亡曰崩。永安宮：三國蜀漢章武二年（二二二），劉備率蜀軍經三峽攻東吳，被陸遜擊潰，退至魚復（今重慶奉節）白帝城，改魚復為永安，建永安宮居之，次年四月病死。3 翠華：皇帝的儀仗。4 玉殿：此句下有原注：「殿今為卧龍寺，廟在宮東。」5 巢：築窩。6 歲時：一年中的節日。伏臘：古代兩種祭祀的名稱，伏在六月，臘在十二月。

其五

諸葛大名垂宇宙，宗臣遺像肅清高[1]。三分割據紆（yū）籌策，萬古雲霄一羽毛。[2]伯仲之間見伊呂[3]，指揮若定失蕭曹[4]。運移漢祚終難復[5]，志決身殲軍務勞[6]。

注釋

1 宗臣：為後世所尊仰的重臣。肅清高：為其清高的節操而肅然起敬。2 「三分」二句：三分割據，指魏蜀吳三國鼎立。紆籌策，周密的籌畫謀略。羽毛，形容如雲霄鸞鳳。3 伯仲：原意兄弟，引申為不相上下。伊呂：指商之伊尹和周之呂尚，皆為輔佐賢主開基立國的名相。4 失蕭曹：意謂蕭曹有所不及。蕭曹，指輔佐漢高祖的蕭何、曹參，皆一代名臣。5 祚：帝位。6 身殲：死亡。

劉長卿

江州重別薛六柳八二員外[1]

生涯豈料承優詔[2]，世事空知學醉歌。江上月明胡雁過，淮南木落楚山多。寄身且喜滄洲近[3]，顧影無如白髮何。今日龍鍾人共老，愧君猶遣慎風波[4]。

注釋

1 江州：今江西九江。薛六：或指薛弁，曾為水部員外郎。柳八：或指柳渾，曾任祠部員外郎。員外：員外郎之簡稱。2 優詔：朝廷優容之詔。3 滄洲：水濱之處。4 遣：使，叮嚀之意。慎風波：慎於宦海風波。

長沙過賈誼宅[1]

三年謫宦此棲遲[2]，萬古惟留楚客悲[3]。秋草獨尋人去後，寒林空見日斜時。
漢文有道恩猶薄[4]，湘水無情弔豈知[5]。寂寂江山搖落處，憐君何事到天涯。

注釋

1 賈誼宅：即今湖南長沙濯錦坊的屈賈祠。2 三年謫宦：賈誼為長沙王太傅三年。棲遲：居留。3 楚客：指客留長沙之人，長沙為故楚之地。4 漢文：漢文帝，他雖有明君之稱，仍不能重用賈誼。5 豈知：哪裏知道。賈誼渡湘水時，曾作賦弔屈原。

賞析與點評

本詩寫於詩人貶謫去官之時，賈生謫長沙三年，詩人亦是遭貶南方多年，才子不遇之傷，萬古而相連，「悲」字更是全詩的基調。本詩筆法頓挫，極沉摯而以澹緩出之。

錢起

贈闕下裴舍人[1]

二月黃鸝飛上林，春城紫禁曉陰陰。長樂鐘聲花外盡[2]，龍池柳色雨中深[3]。陽和不散窮途恨，霄漢常懸捧日心[4]。獻賦十年猶未遇，羞將白髮對華簪[5]。

注釋

1 裴舍人：其人不詳。2 長樂：長樂宮為漢宮殿名，此借指唐宮。3 龍池：泛指宮中之池。4 捧日心：指效忠皇帝之心。5 華簪：指高官華美的冠飾。此指裴舍人。

賞析與點評

此詩為詩人投贈裴舍人以求援引薦舉之作。前四句以典雅得體的語言，描繪雨中宮禁穠麗春景，狀物細膩而包蘊豐富，「長樂鐘聲花外盡，龍池柳色雨中深」，有情、有味、有體，色深可觀。曲筆喻情，含蓄而不露，烘託出對舍人沃恩、官職顯要的恭維。後四句抒發求宦無成的遺憾，表達效忠朝廷之心，以老而未遇，羞對友人，含蓄地表達渴求援引之思。手法隱微巧妙，格調天然富麗，氣象宏遠。

韋應物

寄李儋（dān）元錫[1]

去年花裏逢君別，今日花開又一年。世事茫茫難自料，春愁黯黯獨成眠[2]。身多疾病思田裏，邑有流亡愧俸錢[3]。聞道欲來相問訊，西樓望月幾回圓[4]。

注釋

1 李儋：武威（今甘肅武威）人，曾任殿中侍御史。元錫：字君貺（kuàng），曾任淄王傅。二人皆韋應物之友。2 黯黯：形容心神暗淡沉悶。3 邑：指滁州屬境。流亡：逃荒之災民。俸錢：指自己所得的薪金。4 西樓：指滁州西樓。

韓翃

同題仙遊觀[1]

仙台初見五城樓[2]，風物淒淒宿雨收。山色遙連秦樹晚，砧聲近報漢宮秋。疏松影落空壇靜，細草香生小洞幽。何用別尋方外去[3]，人間亦自有丹丘[4]。

注釋

1 仙遊觀：道士潘師正在嵩山逍遙谷所立之道觀。2 五城樓：據《史記·封禪書》記載：「黃帝時為五城十二樓，以候神人於執期，命曰迎年。」後人以「五城樓」、「十二樓」為神仙之居處，此處指仙遊觀。3 方外：即世外仙居。4 丹丘：傳說中神仙所居，晝夜常明。

皇甫冉

皇甫冉（約七一七—約七七〇），字茂政，潤州丹陽（今屬江蘇）人。皇甫冉詩名早著，張九齡愛其所作，稱「清穎秀拔，有江、徐之風」。高仲武評其詩「巧於文字，發調新奇，遠出情外」（《中興間氣集》）。有《皇甫冉詩集》三卷，《全唐詩》編其詩二卷。

春思

鶯啼燕語報新年，馬邑龍堆路幾千[1]？家住層城臨漢苑[2]，心隨明月到胡天[3]。
機中錦字論長恨[4]，樓上花枝笑獨眠。為問元戎竇車騎[5]，何時返旆勒燕然[6]？

注釋

1 **馬邑**：邊城名，在今山西朔縣西北。**龍堆**：即白龍堆，在今新疆。2 **層城**：指京城。因京城分內外兩層，故稱。**漢苑**：此指唐時皇宮。3 **胡天**：指丈夫征戍之地，即上文馬邑、龍堆。4 **機中錦字**：典出《晉書·竇滔傳》。苻堅時，竇滔為秦州刺史，被徙流沙。其妻蘇蕙能文，思念竇滔，織錦為迴文詩寄給他，共二百餘首，迴旋反覆，皆成文意。5 **元戎**：主將。**竇車騎**：指東漢車騎將軍竇憲。6 **返斾**：班師回朝。**勒燕然**：竇憲為車騎將軍，大破匈奴，登燕然山，刻石而歸。

賞析與點評

詩人以溫柔纏綿的筆觸，代閨婦寫思念征人的怨情。前四句兩兩對照，以明麗春景起筆，樂景襯哀情，愈覺征路迢迢，遙遙不可相見。明月高樓，雕欄玉砌，反襯其內心寂寞，思念悠長；織錦迴文，表其知書能文，思之愈深，恨之愈長。「樓上花枝笑獨眠」無理之妙，構思新穎，盡寫思婦無限悲苦。尾聯以典故為問語，表達對家庭團聚的渴望，但以反問而出，怨悵不勝，尤增深味。巧用細節，一氣蟬聯而下，流麗曲致。

盧綸

晚次鄂州[1]

雲開遠見漢陽城，猶是孤帆一日程。估客晝眠知浪靜[2]，舟人夜語覺潮生。三湘愁鬢逢秋色[3]，萬里歸心對月明。舊業已隨征戰盡，更堪江上鼓鼙聲[4]。

注釋

1 次：留宿。鄂州：今湖北武漢市武昌。2 估客：商人。3 三湘：此泛指湖南。愁鬢：指鬢髮因愁思而變白。4 鼓鼙聲：戰鼓聲。

柳宗元

登柳州城樓寄漳汀封連四州刺史[1]

城上高樓接大荒[2]，海天愁思正茫茫。驚風亂颭（zhǎn）芙蓉水[3]，密雨斜侵薜荔牆[4]。嶺樹重遮千里目，江流曲似九迴腸[5]。共來百越文身地[6]，猶自音書滯一鄉[7]。

注釋

1 順宗永貞元年（八〇五），柳宗元因參加王叔文集團政治革新失敗，與劉禹錫等八人一起被貶為州郡司馬，史稱「八司馬」。唐憲宗元和十年（八一五），其中的五人又另有任命：柳宗元為柳州刺史，韓泰為漳州刺史，韓曄為汀州刺史，陳諫為封州刺史，劉禹錫為連州刺史。此詩是柳宗元初到任時，寄贈其他四人的。柳州：在今廣西。漳州：在今福建。汀州：今福建長汀。封州：今廣東封川。連州：今廣東連縣。2 大荒：荒遠之地。3 驚風：急風。颭：吹動。4 薜荔牆：爬滿薜荔的城牆。薜荔，一種蔓生植物。5 九迴腸：語本司馬遷《報任安書》「腸一日而九迴」，比喻愁腸彎曲纏繞。6 百越：泛指嶺南的少數民族。文身：南方少數民族風俗，在身上刺刻花紋圖案。《莊子．逍遙遊》：「越人斷髮文身。」7 音書：音信。滯：阻隔。

賞析與點評

詩人十年前南貶永州司馬，奉詔返京，隨即又因奸臣讒害而遠放柳州，初到貶所，想念四位同遭貶謫的難友而作此詩。詩人寫驚風颭水，密雨侵牆，言在此，但意不在此，而是以眼前的風雨實景，寫心中逐臣之憂思煩亂。將心境與環境相連，既描繪出登樓所見的壯麗景象，也表達對朋友深切懷念，以及無辜被貶的悲憤。

劉禹錫

西塞山懷古[1]

王濬樓船下益州，金陵王氣黯然收。[2]千尋鐵鎖沉江底[3]，一片降幡出石頭[4]。
人世幾回傷往事，山形依舊枕寒流[5]。從今四海為家日[6]，故壘蕭蕭蘆荻秋[7]。

注釋

1 西塞山：在今湖北大冶縣，為長江中流要塞，三國時東吳曾在此設防。2「王濬」二句：王濬奉晉武帝之命出兵益州，吳國都城的王氣便黯然消散，國運將終。王濬，一作「西晉」。王濬，字士治，弘農湖縣（今河南靈寶）人，官益州刺史。益州，今四川成都。金陵王氣，金陵即建業，今南京市。相傳戰國楚威王時，有人見此地有王氣，埋金以鎮之，故名金陵。東吳也以金陵為都城。黯然，形容傷神，一作「漠然」。3千尋：形容長。尋，古時八尺為一尋。鐵鎖：為防守晉國戰船的進攻，吳國在江面上拉起鐵鎖，橫絕江面，但被王濬用大火燒斷。4降幡：降旗。石頭：石頭城，在今江蘇江寧，為吳都的屏障。王濬率軍攻入石頭城，吳主孫皓親至營門投降。5寒流：指長江。6從今：一作「今逢」。四海為家：四海為一家所有，即天下統一。7故壘：舊日的營壘。

賞析與點評

詩人途經西塞山，即景抒情，藉詠晉、吳興亡事跡，弔古而撫今。詩以王濬攻吳起筆，前四句描寫西晉滅吳之事，第五句總括立都於建業之東晉、宋、齊、梁、陳五代命運。以簡馭繁，用典型事跡括代其他，剪裁得法。第六句寫西塞山之景，承上啟下，以山形「依舊」，反託人類歷史的興衰巨變。興發尾聯居安思危，故壘仍在，歷史勿忘的懷古之歎，將歷史興亡倚於人事而不恃於地形之險的哲理沉思，熔鑄於蒼茫雄闊的景象之中，簡潔洗練，氣象宏大。

元稹

元稹（七七九—八三一），字微之，別字威明，河內（今河南洛陽）人。長慶二年（八二二）由工部侍郎拜相。大和五年（八三一）以武昌節度使卒於任所。元稹與白居易為至交，一起宣導新樂府運動，唱和極多，「擅名一時，天下稱為『元白』，學者翕然，號『元和詩』」（顧陶《唐詩類選後序》）。其樂府詩遵循「美刺」傳統，最為警策。善詠風態物色，風格輕艷，流傳最廣的則是其悼亡詩和豔詩。今有《元氏長慶集》六十卷行世，《全唐詩》編其詩二十八卷。

遣悲懷 三首[1]

其一

謝公最小偏憐女[2]，自嫁黔婁百事乖[3]。顧我無衣搜藎篋（jìn qiè）[4]，泥（nì）他沽酒拔金釵[5]。野蔬充膳甘長藿[6]，落葉添薪仰古槐[7]。今日俸錢過十萬，與君營奠復營齋[8]。

注釋

1 題一作《三遣悲懷》。元稹原配韋叢，字茂之，死於元和四年（八〇九）七月，僅二十七歲。2 謝公：指東晉宰相謝安。謝安最偏愛其姪女謝道韞，此比韋夏（韋叢之父）卿與韋叢。3 黔婁：為春秋時齊國貧士。此處元稹用以自比。乖：不順利。4 顧：看。藎篋：草編箱子。5 泥：軟語央求。6 藿：豆葉。7 薪：柴禾。仰：依靠。8 營奠：操辦祭奠。營齋：請僧人齋會，超度亡靈。

其二

昔日戲言身後意[1]，今朝都到眼前來。衣裳已施行看盡[2]，針線猶存未忍開。尚想舊情憐婢僕，也曾因夢送錢財。誠知此恨人人有，貧賤夫妻百事哀[3]。

注釋

1 身後意：有關死後的事。2 施：施捨與人。行看盡：看着就要沒有了。3 貧賤夫妻：元稹與韋叢共同生活時，境況貧困，故稱。

其三

閒坐悲君亦自悲，百年都是幾多時。鄧攸無子尋知命[1]，潘岳悼亡猶費詞[2]。同穴窅（yǎo）冥何所望[3]，他生緣會更難期。唯將終夜長開眼[4]，報答平生未展眉[5]。

注釋

1 鄧攸無子：晉河東太守鄧攸，字伯道，戰亂中曾保姪捨子，後終無子，時人歎道：「天道無知，使伯道無兒！」韋叢曾生五人，僅存一女，故元稹如此慨歎。尋知命：眼看到了知天命之年。2 潘岳悼亡：晉人潘岳為大文學家，妻子死後，作《悼亡》詩三首，世所傳誦。費詞：浪費筆墨，意謂多說無用。3 同穴：指夫妻死後合葬一處。窅冥：形容渺茫深遠。4 終夜長開眼：傳說中鰥魚的眼睛終夜不閉，而無妻之人又稱鰥夫，此處用作長鰥不娶之意。5 未展眉：指心情不快，眉毛緊蹙。

賞析與點評

此為元稹悼念亡妻韋叢的組詩，被譽為千古悼亡之冠。三首詩隨情而取，以時間先後為序，擷取生活中最深刻的回憶斷想成詩，意脈相通，悲君且又自悲，可前後關照而讀。

所謂語到真時，不嫌其瑣。詩人以真切的語言、淒婉的聲韻表達了沉痛的感情。「野蔬充膳甘長藿，落葉添薪仰古槐」，「誠知此恨人人有，貧賤夫妻百事哀」，「唯將終夜長開眼，報答平生未展眉」，都是與貧賤生活和喪妻之痛血肉相連的平常事、自然語。正因其平常與自然，所以更加感人肺腑。

白居易

自河南經亂關內阻饑兄弟離散各在一處因望月有感聊書所懷寄上浮梁大兄於潛七兄烏江十五兄兼示符離及下邽（guī）弟妹[1]

時難年荒世業空，弟兄羈旅各西東。田園寥落干戈後[2]，骨肉流離道路中。弔影分為千里雁[3]，辭根散作九秋蓬[4]。共看明月應垂淚，一夜鄉心五處同。

注釋

1 河南經亂：指建中三、四年（七八二、七八三）朱泚、李希烈兵亂。一說為貞元十五年（七九九）二月，宣武軍節度使董智部下叛亂；三月，彰義軍節度使吳少誠叛亂。關內：關內道，在今陝西、甘肅一帶。阻饑：因時世艱難而致饑荒。浮梁大兄：白居易大哥白幼文曾任浮梁主簿。浮梁，在今江西景德鎮。於潛七兄：為白居易之堂兄，曾任於潛尉。於潛，在今浙江臨安市。**烏江十五兄**：為白居易之堂兄，曾任烏江主簿。烏江，在今安徽和縣。**符離**：唐時屬宿州，即今安徽宿縣符離集。**下邽**：即今陝西渭南縣之下邽鎮，為白居易家鄉。2 **干戈**：古代的兩種兵器，此指代戰爭。3 **弔影**：顧影自憐之意。**千里雁**：古人常以雁行比作兄弟。4 **辭根**：指蓬草離根飛散。**九秋**：深秋。**蓬**：蓬草。古人常以草木同根比作兄弟，以蓬草離根飛散比喻遊子離家、兄弟分散。

賞析與點評

四方多亂的時代，詩人傷時感人，思親思鄉，以白描手法，直敍漂泊流離之苦。詩由「時難年荒」起筆，對應詩題，揭示骨肉離散的背景與原因。千里孤雁，九秋飛蓬，形象地比喻兄弟離散、各在一處的景況。尾聯以共望明月、身異鄉而心相通，緊扣題意，筆有餘情。全詩語言淺切，不加藻飾，如敍家常，但淺而有致，樸實無華的詩句蘊含深切之情。

李商隱

錦瑟[1]

錦瑟無端五十絃[2]，一絃一柱思華年[3]。莊生曉夢迷蝴蝶，[4]望帝春心託杜鵑。[5]滄海月明珠有淚，[6]藍田日暖玉生煙[7]。此情可待成追憶，只是當時已惘然。

注釋

1 此詩以首二字命題，與「無題」相似。錦瑟：繪有織錦紋飾的瑟。瑟是古代一種絃樂器。2 無端：沒來由。五十絃：據《史記．封禪書》載：「太帝使素女鼓五十絃瑟，悲，帝禁不止，故破其瑟為二十五絃。」3 柱：支絃的木柱。華年：青年時光。4「莊生」句：典出《莊子．齊物論》：「不知周之夢蝴蝶歟，蝴蝶之夢為周歟？」莊生，莊周。5「望帝」句：典出《華陽國志》、《蜀王本紀》。據說望帝死後化為杜鵑，暮春啼鳴直至口中流血，其聲淒苦哀怨。望帝，蜀帝杜宇，號望帝。6「滄海」句：典出《博物志》，據說南海有鮫人，水居如魚，哭時眼淚成珠。7 藍田：山名，產玉，在今陝西藍田縣。據司空圖《與極浦書》：「戴容州云：『詩家之景，如藍田日暖，良玉生煙，可望而不可置於眉睫之前也。』」

賞析與點評

此詩詩意撲朔迷離，歷代多有猜測：悼亡、贈佳人、自傷身世、諷喻政治、詮釋音樂等等，莫衷一是，但諸說都沒有有力的證據。通觀全詩，或以聞錦瑟而引發身世之感較為切實合理。詩歌寓言假物，用典渾化工巧，辭采富麗，一唱三歎，意韻朦朧深邈。

無題[1]

昨夜星辰昨夜風，畫樓西畔桂堂東[2]。身無彩鳳雙飛翼，心有靈犀一點通[3]。
隔座送鈎春酒暖[4]，分曹射覆蠟燈紅[5]。嗟余聽鼓應官去[6]，走馬蘭台類轉蓬[7]。

注釋

1 此題下原有詩二首，此為其一。2 畫樓、桂堂：指富麗的屋舍。3 靈犀：舊說犀牛角為靈異之物，中間有一條白紋貫通上下。4 送鉤：又叫「藏鉤」，一種遊戲，人分兩隊，一隊傳遞一鉤，令另一隊猜鉤所在，猜不中則罰。5 分曹射覆：分兩隊互相猜。射覆，也是一種遊戲，猜蓋在器皿下的東西。6 聽鼓應官：唐時，官府五更二點擊鼓召集官員。7 蘭台：即秘書省。轉蓬：指隨風吹轉的飛蓬。

賞析與點評

詩人之無題詩，內容不着重記敍具體人事，而是以精美華麗的語言、迴環反覆的結構，構成朦朧幽深的意境，以表達人生經歷的深層體驗，以及抒發內心強烈的主觀感受，因此詩旨多半晦澀不明。

隋宮[1]

紫泉宮殿鎖煙霞[2]，欲取蕪城作帝家[3]。玉璽不緣歸日角[4]，錦帆應是到天涯[5]。

於今腐草無螢火，[6] 終古垂楊有暮鴉[7]。地下若逢陳後主，豈宜重問後庭花？[8]

注釋

1 隋煬帝南遊揚州，建有江都、顯福、臨江等宮，通稱隋宮。2 紫泉宮殿：即隋宮。3 蕪城：即江都，舊稱廣陵。4 日角：古時把人的額骨中央隆起如日者，稱作日角，附會為帝王之相。5 錦帆：隋煬帝南遊的龍舟，帆皆錦製成。6「於今」句：現在隋宮荒蕪，螢火蟲盡絕，腐草也不再化螢了。古人誤認為螢火蟲為腐草所化。據記載，煬帝曾徵求螢火蟲數斛，夜遊時放出，光照山谷。7 垂楊：指隋堤的楊柳。8「地下」二句：隋煬帝國亡身死，在地下重逢陳後主，還好意思請張麗華舞《玉樹後庭花》嗎？陳後主，陳朝末代皇帝陳叔寶，荒淫奢侈，為隋所滅，後人稱為亡國之君。《後庭花》，即樂府《玉樹後庭花》，為陳後主所作，後人稱作亡國之音。據《隋遺錄》記載，隋煬帝在江都曾夜夢陳後主，請陳之寵妃張麗華舞《玉樹後庭花》。

無題 二首[1]

其一

來是空言去絕蹤，月斜樓上五更鐘。夢為遠別啼難喚，書被催成墨未濃。蠟照半籠金翡翠[2]，麝熏微度繡芙蓉[3]。劉郎已恨蓬山遠，更隔蓬山一萬重。[4]

注釋

1 此題下原為四首，此處錄前二首。2 半籠：半映。金翡翠：指有金翡翠花紋的被子。3 麝：指麝香。繡芙蓉：繡以芙蓉圖案的帳子。翡翠、芙蓉皆為男女歡好的象徵。4「劉郎」句：指劉晨。典出劉義慶《幽明錄》，東漢永平中，劉晨、阮肇入天台山採藥，遇二仙女邀至仙府，留半年返故里，子孫已七世。後重入天台，蹤跡渺然。一說「劉郎」指漢武帝劉徹求仙。蓬山：蓬萊山，傳說中的海上仙山。

賞析與點評

此類無題詩無論是寫自身的相思之情，或是代閨中怨婦抒情，抑或另有喻託，皆是詩人本於自身的情感體驗而寫出，且愛情與政治上的失意，形態基本上相通，因此視為愛情詩而解讀，雖不中亦不遠。這首詩抒寫與所思之人相隔遙遠，思之而不可得的相思之苦。詩境哀麗綿邈，構思精巧，以夢寫別情，更顯淒婉。

其二

颯颯東風細雨來[1]，芙蓉塘外有輕雷[2]。金蟾齧鏁（niè suǒ）燒香入，玉虎牽絲汲井迴[3]。賈氏窺簾韓掾（yuàn）少，[4]宓妃留枕魏王才。[5]春心莫共花爭發，一寸相思一寸灰。

注釋

1 颯颯：風聲。2 輕雷：隱約的雷聲，又指车轮声。3 金蟾齧鏁：形容鏁的形狀。金蟾，因蟾善閉氣，古人用蟾來裝飾鎖。齧，咬。鏁，同「鎖」，香爐鼻鈕，可啟閉放入香料。玉虎，井上的轆轤。絲，指井繩。汲井，從井中打水。4「賈氏」句：賈氏愛韓壽是因為他年少美貌。賈氏，典出《世說新語》。晉人韓壽美貌，被賈充辟為掾。賈充之女從窗格中見韓壽，愛上了他，私與之通。後賈充得知，便把女兒嫁給了韓壽。韓掾，韓壽。掾，僚屬。5「宓妃」句：典出《文選·洛神賦》李善注。曹植曾求娶甄逸之女而未成，後甄氏為曹丕皇后，被郭后讒死。黃初年間，曹植入朝，曹丕取出甄后玉鏤金帶枕，曹植見之泣下。曹丕便把枕送給曹植。植返回時停於洛水，忽見一女子來，贈以在家時所用枕，自言即甄氏，遂歡會，後隱身不見。曹植遂作《洛神賦》。此事為後人附會。宓妃，即洛神，相傳為伏羲之女。留枕，此指幽會。魏王，指曹植，他曾為魏東阿王，是歷史上有名的才子。

籌筆驛[1]

魚鳥猶疑畏簡書[2]，風雲常為護儲胥[3]。徒令上將揮神筆[4]，終見降王走傳車[5]。管樂有才真不忝（tiǎn）[6]，關張無命欲何如[7]？他年錦里經祠廟[8]，梁父吟成恨有餘[9]。

注釋

1 籌筆驛：即今朝天驛，在今四川廣元縣北。相傳諸葛亮出兵伐魏，曾在此籌畫軍機。2 簡書：古人把文字寫在竹簡上，稱簡書。此指軍令。3 常：一作「長」。儲胥：駐軍用的籬柵。此指軍營。4 上將：指諸葛亮。5 降王：指後主劉禪。魏景元四年（二六三），鄧艾伐蜀，後主劉禪出降，東遷洛陽，經過籌筆驛。傳車：古代驛站用車。6 管：管仲，春秋時齊相，佐齊桓公成就霸業。樂：樂毅，戰國時燕國大將，曾大破齊國。諸葛亮躬耕南陽時，常自比管仲、樂毅。不忝：不愧。7 關：關羽。孫權派呂蒙襲荊州，關羽遇害。張：張飛。劉備伐吳時，張飛被部將所殺。無命：謂關、張命運不佳。8 錦里：在成都城南，有武侯祠。9《梁父吟》：古樂府名，一名《梁甫吟》。諸葛亮在南陽時，好為《梁父吟》。此處作者藉《梁父吟》代指自己的詠史詩。

無題

相見時難別亦難，東風無力百花殘。春蠶到死絲方盡，蠟炬成灰淚始乾。曉鏡但愁雲鬢改，夜吟應覺月光寒。蓬山此去無多路，青鳥殷勤為探看。

賞析與點評

這首傳誦甚廣的無題詩，寫情曲折深摯，纏綿迴環；寫悲恨入骨銷魂，感人至深。

春雨

悵卧新春白袷（jiá）衣[1]，白門寥落意多違[2]。紅樓隔雨相望冷，珠箔飄燈獨自歸。遠路應悲春晼（wǎn）晚[3]，殘宵猶得夢依稀。玉璫緘札何由達[4]，萬里雲羅一雁飛[5]。

注釋

1 白袷衣：即白夾衣。白衫為唐人閒居時的便服。2 白門：據《南史》記載，建康宣陽門稱作白門。此處指南京，或兼取白門楊柳之意。3 晼晚：日落黃昏之時。4 玉璫：耳珠。古時男女常以玉璫作為定情信物。緘札：書信。5 雲羅：如羅紋般的雲彩。

賞析與點評

詩題雖為「春雨」，卻非詠誦春雨，而是藉麗句寫離懷，將別離的寥落與悵惘融入淒冷迷蒙的春日雨景之中，抒發訪舊人不遇而無限相思之情。詞句清麗自然不用典，抒情纏綿深摯。

無題　二首

其一

鳳尾香羅薄幾重[1]，碧文圓頂夜深縫[2]。扇裁月魄羞難掩，[3]車走雷聲語未通。曾是寂寥金燼暗，斷無消息石榴紅[4]。斑騅（zhuī）只繫垂楊岸[5]，何處西南待好風[6]？

注釋

1 鳳尾香羅：即鳳紋羅。2 碧文圓頂：綠色紋理的圓頂帳子。3「扇裁」句：指用團扇掩面。4 金燼暗：形容殘燭。燼，指燭花。石榴紅：石榴開花時節。5 斑騅：青花馬。6 好風：指西南風。語出曹植《七哀詩》：「願為西南風，長逝入君懷。」

賞析與點評

詩寫幽閨女子深夜情思，以夜縫羅帳起筆，點明女子心中極盼好合的心理，再以追思往事的手法，描寫初遇的情景。扇裁月魄，車走雷聲，二人遇而未遇，因羞怯而未通言語。頸聯寫當初別後相思，「金燼暗」寫出夜不能寐的寂寥，「石榴紅」道出春光虛度的悵恨。以強烈的色彩，精煉的筆致，寓情於景，抒發幽情。尾聯化用典實，表現女子執著而深情的等待。

其二

重幃深下莫愁堂[1]，臥後清宵細細長。神女生涯原是夢[2]，小姑居處本無郎[3]。

風波不信菱枝弱，月露誰教桂葉香？[4]直道相思了無益[5]，未妨惆悵是清狂[6]。

注釋

1 莫愁：古樂府中傳說的女子。此處泛指年輕女子。2 神女：指巫山神女與楚王在夢中歡會。3 小姑：古樂府《青溪小姑曲》：「小姑所居，獨處無郎。」4「風波」二句：意謂自己如柔弱的菱枝，偏遭風雨之欺淩，又如芬芳之桂葉，卻得不到月下甘露的滋潤。5 直道：即使。6 清狂：癡情。

溫庭筠

利州南渡[1]

澹然空水對斜暉[2]，曲島蒼茫接翠微[3]。波上馬嘶看棹去，柳邊人歇待船歸。
數叢沙草羣鷗散，萬頃江田一鷺飛。誰解乘舟尋范蠡[4]，五湖煙水獨忘機[5]。

注釋

1 利州：今四川廣元，嘉陵江繞利州城而過。2 空水：空闊的水面。3 翠微：青翠的山坡。4 范蠡：春秋時楚國人，輔佐越王句踐滅吳後，辭官乘舟，泛湖而去。5 五湖：指太湖及附近的湖泊。機：機心。

蘇武廟[1]

蘇武魂銷漢使前[2]，古祠高樹兩茫然。雲邊雁斷胡天月[3]，隴上羊歸塞草煙。
迴日樓台非甲帳，[4]去時冠劍是丁年。[5]茂陵不見封侯印，[6]空向秋波哭逝川[7]。

注釋

1 蘇武：西漢人，字子卿。漢武帝天漢元年（前一〇〇）出使匈奴，被扣留逼降，始終不屈，乃流放至北海（今貝加爾湖）牧羊，達十九年，歷盡艱苦，忠心不渝。漢昭帝時，與匈奴和親，漢使臣與匈奴交涉，蘇武方得回國。2 魂銷：心情萬分激動。3 雁斷：指音訊不通。漢使向匈奴詢問蘇武時，匈奴詭稱蘇武已死。後有人教漢使對單于説，漢帝射雁，在雁足上得蘇武之親筆信，稱在某澤中。單于這才承認蘇武尚在。4「迴日」句：回國的時候，漢武帝已死，樓台宮殿已非出國時的樣子。甲帳，據《漢武故事》記載，漢武帝以琉璃、珠玉、寶石等為帷帳，分為甲帳和乙帳，甲帳居神，乙帳自居。5「去時」句：當年出使的時候，冠冕佩劍的人正當壯年。丁年，壯年。漢制，男子二十歲至五十歲須服徭役，謂之丁年。6「茂陵」句：蘇武不能在漢武帝在世時見到他，得到封侯之賞。茂陵，漢武帝陵墓，此代指漢武帝。7 逝川：比喻流逝的歲月。

薛逢

薛逢（生卒年不詳），字陶臣，蒲州（今山西永濟）人。會昌元年（八四一）進士，授秘書省校書郎，官終秘書監。薛逢以才名著於當時，辛文房謂其「天資本高，學力亦贍，故不甚苦思，而自有豪逸之態。第長短皆率然而成，未免失淺露俗」（《唐才子傳》）。詩以七律為工，《全唐詩》存其詩一卷。

宮詞

十二樓中盡曉妝，望仙樓上望君王[1]。鎖銜金獸連環冷[2]，水滴銅龍晝漏長[3]。
雲髻罷梳還對鏡，羅衣欲換更添香。遙窺正殿簾開處，袍袴（kù）宮人掃御牀[4]。

注釋

1 **望仙樓**：唐宮中樓名，此非實指，意同「十二樓」，喻仙人居處。2 **金獸連環**：宮門上銅製的獸頭形門環。3 **銅龍**：指銅製龍形的滴漏，是古時的計時器，水從龍口滴下，觀刻度以知時。4 **袍袴宮人**：指穿袍套褲的宮女。短袍繡褲是當時宮女的裝束。

賞析與點評

此詩寫宮妃望幸不得的寂寞，全詩團繞「望」幸而興發。「盡曉妝」、「望君王」、「晝漏長」、「還對鏡」、「更添香」、「遙窺正殿」，一舉一動都是側寫後宮佳麗盼望得幸於君王；而「十二樓」、「望仙樓」、「鎖銜金獸連環冷」，傳達了宮廷中華美富貴卻又孤清淒冷的氛圍；「曉妝」、「晝漏長」、「掃御牀」則是表達時間的挪移，以及由晨至夜的期待。全詩構思巧妙，富於暗示性。以動作暗示心理，透過典型生活細節，寫盡宮妃顧影自憐的哀怨之情。

秦韜玉

秦韜玉（生卒年不詳），字中明（一作仲明），湖南人。屢試不第，後交通宦官，為神策軍判官。隨唐僖宗入蜀，為工部侍郎。中和二年（八八二），特賜進士及第。秦韜玉「有詞藻，工歌吟，恬和瀏亮……每作人必傳誦」（辛文房《唐才子傳》）。《全唐詩》存其詩一卷。

貧女

蓬門未識綺羅香[1]，擬託良媒亦自傷。誰愛風流高格調[2]，共憐時世儉梳妝[3]。

敢將十指誇鍼巧，不把雙眉鬭畫長。苦恨年年壓金線[4]，為他人作嫁衣裳。

注釋

1 蓬門：蓬草編的門，指貧女破敗之居。綺羅香：指富貴女子的服裝。2 風流：舉止瀟灑。高格調：指氣質品格超羣。3 憐：愛。時世：當代。儉梳妝：儉樸的打扮。4 壓金線：指刺繡。

賞析與點評

此詩比興意義明顯，藉詠貧女而自傷身世。首句以「蓬門」扣題，次句「自傷」為全詩抒情所在。中間二聯闡明「自傷」之原因，頷聯寫美醜不分之世態，頸聯寫自身貌美節高。前者襯託後者，突出貧女的美好形象，使尾聯中貧女的不公平遭際，更具典型意義。詩中貧女正如不遇寒士，格調超卓，才能出眾，卻無法一展懷抱，只得孤芳自賞，自怨自傷。全詩婉轉比附，貼切入微。

樂府　一首

《獨不見》本為樂府歌名，但沈佺期這首樂府更接近七言律詩，只是末句「更教明月照流黃」仍為「齊梁樂府語」（王世貞《藝苑卮言》）。七律大都由七言樂府發展而來，此詩即為一例證。

沈佺期

獨不見[1]

盧家少婦鬱金堂，[2]海燕雙棲玳瑁梁。[3]九月寒砧催木葉[4]，十年征戍憶遼陽[5]。
白狼河北音書斷[6]，丹鳳城南秋夜長[7]。誰為含愁獨不見，更教明月照流黃[8]。

注釋

1 獨不見：樂府歌名，又題作《古意呈喬補闕知之》。2「盧家」句：南朝梁武帝《河中之水歌》：「河中之水向東流，洛陽女兒名莫愁。……十五嫁為盧家婦，十六生兒字阿侯。盧家蘭室桂為梁，中有鬱金蘇合香。」此句即用此意。鬱金堂，以鬱金香浸酒和泥塗壁的堂屋。3 海燕：又稱「越燕」，多在樑上築巢。玳瑁樑：以玳瑁嵌飾的屋樑。玳瑁，一種海龜，龜甲黑黃相間，半透明。4 砧：擣衣石。5 遼陽：指今遼東一帶，為唐時邊防重地。6 白狼河：即今遼寧的大淩河。7 丹鳳城：相傳秦穆公之女弄玉吹簫引鳳，鳳凰飛降咸陽城。後以鳳城作為京城的別稱。此指唐都長安，民居多在城南。8 流黃：黃紫相間的絹。此指帷帳。

賞析與點評

此詩以樂府舊題標目，未離樂府餘調，但可視為早期一首完整而優秀的七律。全詩聲律流暢，用詞瑰麗精工，哀婉而深情。

五言絕句　二十九首

五言絕句，簡稱「五絕」，既包括五言律絕，也包括五言古絕，前者屬於近體詩的一種，後者則屬於古體詩的一種。五絕起源於漢，一般認為南朝陳徐陵《玉台新詠》中的四首古絕句是目前所見收錄最早的五言古絕。古人作詩一般以四句為一個意思的完結，所以單獨四句詩便稱為絕句。五言絕句，每首四句，每句五個字，通首比興，婉而多諷。五言律絕則四句二韻或三韻，平仄、押韻均有要求。依據平仄，其定格有四式：首句仄起不入韻式、首句仄起入韻式、首句平起不入韻式、首句平起入韻式。

唐代絕句率真自然，名家有李白、王維、孟浩然、劉長卿等人。

王維

鹿柴（zhài）[1]

空山不見人，但聞人語響。返景入深林[2]，復照青苔上。

注釋

1 鹿柴：地名。柴，通「寨」、「砦」，竹籬柵欄。2 返景：夕陽返照。景，同「影」。

竹里館[1]

獨坐幽篁（huáng）裏[2]，彈琴復長嘯[3]。深林人不知，明月來相照。

注釋

1 篁：竹林。2 長嘯：撮口發出長而清脆的聲音。

送別[1]

山中相送罷，日暮掩柴扉。春草明年綠，王孫歸不歸？[2]

注釋

1 題一作《山中送別》。2「春草」二句：典出《楚辭·招隱士》：「王孫遊兮不歸，春草生兮萋萋。」

相思

紅豆生南國[1]，春來發幾枝？願君多採擷（xié）[2]，此物最相思。

注釋

1 紅豆：相思木所結之子，又名相思子，產於亞熱帶地區。相傳相思子圓而紅，昔有人死於邊塞，其妻思之，哭於樹下而卒，因以為名。2 採擷：採摘。

賞析與點評

此詩以詠物而詠人，有因物而寄相思之意。從對方設想，以見自己情懷。語言清新自然，看似不加修飾，其實是不着痕跡，情味更見雋永。

雜詩[1]

君自故鄉來，應知故鄉事。來日綺窗前[2]，寒梅着花未？

注釋

1 原題下有三首，此為其二。2 來日：來的時候。綺窗：鏤花之窗。

賞析與點評

詩人以家常絮語向朋友詢問家鄉種種，以淡絕口吻寫思鄉之切，皆因情致之語，不加修飾而自工，宛然如畫。

裴迪

裴迪（生卒年不詳），關中（今陝西）人。早年與王維、崔興宗隱居終南山，後於輞川與王維唱和。上元年間入蜀州，與杜甫友善。其詩多五絕，詠田園山水，淡雅清逸。王士禎稱王維、裴迪「輞川唱和，工力悉敵」（《唐人萬首絕句選評·凡例》）。《全唐詩》存其詩二十九首。

送崔九[1]

歸山深淺去，須盡丘壑美[2]。莫學武陵人，暫遊桃源裏。[3]

注釋

1 崔九：崔興宗，王維表弟。當時裴迪與王維、崔興宗皆隱居終南山。2 壑：山谷。3「莫學」二句：化用陶潛《桃花源記》：武陵打漁人入桃花源中，居數日即辭去。

賞析與點評

此詩為詩人送別崔九入山而作。巧用《桃花源記》事，以勸崔興宗堅定隱居之心，甘於平淡，莫要成為「終南捷徑」的假隱士。

祖詠

終南望餘雪

終南陰嶺秀[1]，積雪浮雲端。林表明霽（jì）色，城中增暮寒。

注釋

1 陰嶺：終南山在長安之南，故從長安望去，只能見到山的北坡。山北為「陰」，故稱陰嶺。

賞析與點評

《唐詩紀事》中記此詩為祖詠應試時的作品。按唐代當時科考規定，作詩必須為五言六韻十二句，而此詩僅為四句。人問何故，他回答：「意盡。」而此詩也因此成為上乘的絕句。寫景偉中見秀，詠高山積雪，由側面切入，句句詠雪，言城中雪後增寒，更見巧思。

孟浩然

宿建德江[1]

移舟泊煙渚[2]，日暮客愁新。野曠天低樹，江清月近人。

注釋　1 建德江：新安江流經建德縣（今浙江建德）的一段。2 煙渚：暮煙籠罩的小洲。

春曉

春眠不覺曉，處處聞啼鳥。夜來風雨聲，花落知多少？

李白

靜夜思

牀前看月光[1]，疑是地上霜。舉頭望山月[2]，低頭思故鄉。

注釋

1 看月光：又作「明月光」。各種版本的李白詩文集皆作「看月光」。2 望山月：又作「望明月」。各種版本的李白詩文集皆作「望山月」。

賞析與點評

遊子見清夜月光如霜，他鄉此月，故鄉亦此月，因而望月思歸。舉頭望月，低頭思鄉，全詩皆為尋常言語，只因「以無情言情則情出，從無意寫意則意真」，如不經意而得之自然，真率而有味，可謂太白傳神之筆。

怨情

美人捲珠簾，深坐顰蛾眉[1]。但見淚痕濕，不知心恨誰。

注釋

1 顰蛾眉：皺眉。蛾眉，即娥眉，形容美人細長而彎的眉。

賞析與點評

太白此詩描摹美人幽怨的情態，「不聞怨語，但見怨情」。只見「蛾眉顰」、「淚痕濕」，卻不言心中所恨為誰，引人冥想，下筆絕妙而更顯幽深。

杜甫

八陣圖[1]

功蓋三分國[2]，名成八陣圖。江流石不轉，[3]遺恨失吞吳。

注釋

1 八陣圖：諸葛亮所佈八陣共有四處，以夔州為最著名。八陣即天、地、風、雲、飛龍、翔鳥、虎翼、蛇盤。2 蓋：蓋世。3「江流」句：八陣之石雖經江水沖激，仍屹立不動。石不轉，八陣在夔州西南江邊，聚石成堆，縱橫棋佈，夏季為水所淹，冬季水退則現。

賞析與點評

詩人取八陣圖遺跡，詠諸葛亮三分天下蓋世之功，以及因先主一意孤行，未竟統一天下之志的千古憾恨。詩人藉詠石而詠史，藉評述先賢，以表明自己的識見。

王之渙

王之渙（六八八—七四二），字季淩，祖籍晉陽（今山西太原），後徙居絳郡（今山西新絳）。王之渙「慷慨有大略，倜儻為異才」，曾遊邊地，是唐代著名邊塞詩人之一。辛文房稱其「為詩情致雅暢，得齊梁之風」（《唐才子傳》）。《全唐詩》存其詩六首。

登鸛（guàn）雀樓[1]

白日依山盡，黃河入海流。欲窮千里目，更上一層樓。

注釋

1 鸛雀樓：在蒲州（今山西永濟）西南城上，因常有鸛雀棲其上而得名。

劉長卿

送靈澈[1]

蒼蒼竹林寺[2]，杳杳鐘聲晚[3]。荷（hè）笠帶斜陽[4]，青山獨歸遠。

注釋

1 靈澈：唐著名詩僧，本姓湯，生於會稽，後出家，號靈澈，字源澄。2 竹林寺：在今江蘇鎮江南。3 杳杳：形容鐘聲幽遠。4 荷：背着。

聽彈琴[1]

泠（líng）泠七絃上[2]，靜聽松風寒[3]。古調雖自愛，今人多不彈。

注釋

1 此題又作《彈琴》。2 泠泠：形容水聲，此處狀琴聲之清幽。七絃：相傳神農氏製琴為五絃，周文王加為七絃。3 松風：一說此為琴曲名，即古曲《風入松》。

送上人[1]

孤雲將野鶴[2]，豈向人間住。莫買沃洲山[3]，時人已知處。

注釋

1 上人：佛教稱具備德智善行的人，後用作對僧人之尊稱。2 將：與、共。3 沃洲山：在今浙江新昌。相傳晉代名僧支遁曾居此，為道家第十二福地。

賞析與點評

名山大刹本不是隱居學道之處，就如同孤雲野鶴怎會生活在喧囂人間。詩人寄語調侃即將雲遊遠行的朋友，善擇清靜之地。

韋應物

秋夜寄丘二十二員外[1]

懷君屬（zhǔ）秋夜[2]，散步詠涼天。空山松子落，幽人應未眠。

注釋

1 丘員外：指丘丹，嘉興（今浙江嘉興）人，曾任倉部員外郎。2 屬：適逢。

賞析與點評

詩人逢秋觸景徘徊庭中，懷己想人，吟詩以寄遠。詩中以我揣彼，想到如此良夜，遠方幽人也應未眠正在享受這許幽靜。詩意空靈清幽而語淺情深。

李端

李端（生卒年不詳），字正己，趙郡（今河北趙縣）人。大曆五年（七七〇）進士，授秘書省校書郎。以病辭官，隱居終南山草堂寺。後官杭州司馬。李端為「大曆十才子」之一，為詩工捷，辛文房言其「詩更高雅，於才子中名響錚錚」（《唐才子傳》）。有《李端詩集》三卷，《全唐詩》編其詩三卷。

聽箏[1]

鳴箏金粟柱[2]，素手玉房前[3]。欲得周郎顧，時時誤拂絃。[4]

注釋

1 箏：撥絃樂器，古為十二絃，後十三絃。2 金粟柱：以金粟裝飾的柱。古稱桂花為金粟，柱為琴箏上繫絃之木。此寫絃軸之精美。3 玉房：箏上安枕之處。4「欲得」二句：典出《三國志·吳書·周瑜傳》。周瑜二十四歲為建威中郎將，吳中人稱作周郎。他精通音樂，聽人彈奏有誤，必能知之，知之必會顧看，故時人有「曲有誤，周郎顧」的說法。

賞析與點評

詩詠聽箏，寫彈箏女子為博青睞，故意錯彈曲子的狡黠與含羞帶嬌的情態。巧用典故，顯得婉曲細膩而詩趣盎然。

王建

王建（約七六六—？），字仲初，潁川（今河南許昌）人。大曆十年（七七五）登進士第，貞元間，先後入淄青、幽州幕為從事，元和間佐嶺南、荊南節度使幕，後當過太府寺丞、秘書郎、陝州司馬。王建與張籍早年為同窗，後為至友，詩風相近，世稱「張王」，其樂府古詩也稱「張王樂府」，風格爽利，形象鮮明，反映社會現實，為人稱道。嚴羽稱：「張籍、王建之樂府，我所深取耳。」（《滄浪詩話》）王建因與宦官王守澄聯宗，而盡得宮中之情，因作《宮詞》百首，膾炙人口，被目為「宮詞名家」（葛立方《韻語陽秋》）。有《王建集》八卷（一作十卷），《全唐詩》編其詩六卷。

新嫁娘詞[1]

三日入廚下，[2]洗手作羹湯。未諳（ān）姑食性[3]，先遣小姑嘗。

注釋

1 此題下原有三首，此為其二。2「三日」句：按古代風俗，婚後三日，新娘要下廚做飯。3 諳：熟悉。姑：指婆婆。食性：口味。

賞析與點評

此詩寫純樸的民間風俗人情，通過新嫁娘請小姑代嘗羹湯，以期了解婆婆口味的典型情節，刻畫出初為人婦者的惶恐與機敏，生動傳神而饒有趣味。若以新婦代指初入仕途者，刻畫出戒慎小心處處曲意奉承之貌，也極巧妙。

權德輿

權德輿（七六一—八一八），字載之，天水略陽（今甘肅秦安）人，居潤州丹陽（今江蘇丹陽）。先後擔任禮部侍郎和刑部尚書等職，掌誥九年，三知貢舉，位歷卿相，在貞元、元和間名重一時。其為文博雅弘正，時人奉為宗匠。其詩多五言，「詞致清深，華彩巨麗，言必合雅，情皆中節」（張薦《答權載之書》）。有《權德輿集》五十卷，《全唐詩》編其詩十卷。

玉台體[1]

昨夜裙帶解[2]，今朝蟢（xǐ）子飛[3]。鉛華不可棄[4]，莫是藁砧（gǎo zhēn）歸[5]？

注釋

1 此題下，權德輿原作詩十二首，此為其十一，詠閨情。**玉台體**：南朝陳徐陵編《玉台新詠》十卷，選古代豔情詩作，後世稱之為玉台體。2 **裙帶解**：指裙帶不解自開。章雲仙《唐詩注疏》有「裙帶解，主應夫歸之兆」。3 **蟢子**：一種蜘蛛，又名喜蜘。因嬉、喜諧音，而引為吉兆。4 **鉛華**：脂粉。5 **莫是**：莫不是之意。**藁砧**：古時婦女稱丈夫的隱語。藁砧都是切割用的墊具，切時用鈇，即鍘刀。因鈇、夫諧音而生此意，一種轉折的隱語。如《玉台新詠》錄古絕句：「藁砧（諧『夫』字）今何在？山上復有山（為『出』字）。何當大刀頭（刀頭有環，諧『還』字），破鏡飛上天（圓月如鏡，破則分半，隱『半月』之義）。」，全詩意謂「丈夫外出，半月還家」。

賞析與點評

詩人仿艷體詩的寫作手法，代思婦詠閨情，用雙關隱語與民間俗語，表現閨婦望君歸來的深情。細膩傳神，平易卻不流於庸俗。

柳宗元

江雪

千山鳥飛絕，萬徑人蹤滅。孤舟蓑（suō）笠翁，獨釣寒江雪。

賞析與點評

詩人寫極寥廓背景中的孤舟蓑笠翁，詩中雪景清峭而空遠；孤舟在千山萬徑之間，天凍江寒，老翁披蓑戴笠獨釣其間，漁翁之意不在於魚，而是詩人的自喻。通過對江上雪景的吟詠，抒發傲然獨往卻又孤寂苦悶的情懷。

元稹

行宮[1]

寥落古行宮[2]，宮花寂寞紅[3]。白頭宮女在，閒坐說玄宗。

注釋

1 行宮：皇帝外出時所住之處。此指連昌宮，在今河南宜陽。2 寥落：寂靜冷落。3 宮花：行宮中所開的花。

賞析與點評

詩人以高度概括的手法，渲染環境，凸現人物，抒發了對開元、天寶間由盛轉衰的感概。

白居易

問劉十九[1]

綠螘（yǐ）新醅（pēi）酒[2]，紅泥小火爐。晚來天欲雪，能飲一杯無[3]？

注釋

1 劉十九：其人不詳。作者另有一首《劉十九同宿》，有「唯共嵩陽劉處士」，疑劉十九即劉處士，詩人江州任時好友。2 綠螘：未經過濾的米酒上，浮有渣滓，微呈綠色，稱「浮蟻」。螘，通「蟻」。新醅酒：新釀未過濾的酒。3 無：猶「可否」之「否」。

張祜

張祜（約七九二—約八五四），字承吉，南陽（今河南鄧縣）人。屢舉進士不第。大和五年（八三一），令狐楚表薦之，並獻其詩，被元稹抑退。與杜牧相得，多有唱和。張祜素有詩名，令狐楚評其詩「研機甚苦，搜象頗深；輩流所推，風格罕及」（《進張祜詩冊表》）。其所作宮體詩聲調諧美，婉絕可思。有《張承吉文集》十卷行世，《全唐詩》編其詩二卷。

何滿子[1]

故國三千里[2]，深宮二十年。一聲何滿子[3]，雙淚落君前！

注釋

1 此題下原有二首，此為第一首，寫宮女之怨。題又作《宮詞》。2 故國：故鄉。3 何滿子：又作「河滿子」，樂府曲名，曲調哀婉悲切。

賞析與點評

《何滿子》一曲在開元天寶宮中頗受青睞，流行甚廣，武宗寵愛的孟才人因歌《何滿子》斷腸而死（張祜《孟才子歎・序》）。詩人取其曲調哀怨，藉以寫出長年被幽閉於深宮的宮女之憤懣與慘痛。句句嵌入數字，巧妙自然，言簡而情切，感人至深。

李商隱

登樂遊原[1]

向晚意不適[2]，驅車登古原。夕陽無限好，只是近黃昏。

注釋

1 樂遊原：又名樂苑，地處長安東南，登高可眺望全城。2 不適：不快。

賞析與點評

詩人身處亂世，眼見國運衰頹，身世沉淪蹉跎，心中積鬱難消，本欲登原盤遊以消愁。騁望之際但見餘暉晚照，景色壯美，卻悵然有觸。

賈島

賈島（七七九—八四三），字浪仙，一作閬仙，范陽幽都（今北京市）人。初為僧，法名無本，後還俗。累舉進士不第，當過遂州長江主簿、普州司倉參軍等。賈島作詩以苦吟著名，詩境奇僻寒峭，與孟郊齊名，蘇軾有「郊寒島瘦」（《祭柳子玉文》）之喻。有《長江集》，《全唐詩》編其詩四卷。

尋隱者不遇[1]

松下問童子[2]，言師採藥去。只在此山中，雲深不知處。

注釋　1 此詩一題《訪夏尊師》，孫革作。2 童子：指隱者之弟子。

宋之問

渡漢江[1]

嶺外音書絕[2]，經冬復立春。近鄉情更怯，不敢問來人[3]。

注釋

1 宋之問因媚附張易之而被貶嶺南，於神龍二年（七〇六）逃歸洛陽。此詩原題李頻作，誤。漢江：漢水。2 嶺外：指嶺南。3 來人：指從家鄉來的人。

賞析與點評

全詩以白描的手法與簡練的語言，生動地表現了離鄉遷客的複雜心理。

金昌緒

金昌緒（生卒年不詳），餘杭（今浙江杭州）人。大中以前在世，生平無考。《全唐詩》僅有其詩一首，即膾炙人口的《春怨》。

春怨[1]

打起黃鶯兒，莫教枝上啼。啼時驚妾夢，不得到遼西[2]。

注釋

1 一題作《伊州歌》。2 遼西：遼河以西，為丈夫從軍之地。

西鄙人

西鄙人，天寶時西北邊境人，姓名事跡無考，所作《哥舒歌》收入《全唐詩》。

哥舒歌[1]

北斗七星高[2]，哥舒夜帶刀[3]。至今窺牧馬[4]，不敢過臨洮（táo）[5]。

注釋

1 **哥舒**：指哥舒翰，唐玄宗時大將，曾大敗吐蕃，使之不敢西進。2 **北斗七星**：即北極星。古人常以之喻指人君或威望很高的人。3 **夜帶刀**：指哥舒翰嚴守邊防，枕戈待旦。4 **牧馬**：古代北方少數民族常南下牧馬劫掠，後用之以稱其侵邊。5 **臨洮**：在今甘肅岷縣。

樂府　八首

五絕樂府，句式和字數與五言絕句類似，或擬用江南民歌的樂府舊題寫男女戀情及閨怨，或以唐代的新樂府辭寫邊塞生活。

崔顥

長干行 二首[1]

其一

君家何處住？妾住在橫塘[2]。停船暫借問[3]，或恐是同鄉。

注釋

1 崔顥此題下原有四首詩，此選前二首。2 橫塘：地名，在今南京市西南，鄰近長干里。3 借問：請問。

其二

家臨九江水[1]，來去九江側。同是長干人，生小不相識[2]。

注釋 1 九江：泛指長江下游。2 生小：從小。

賞析與點評

寫青年男女邂逅水上相互問答，第一首寫女子主動搭訕，自報家門，表達結識之意；第二首寫男子的答詞，表達相見恨晚之慨。純用白描，語言樸實，口吻摹擬傳神，寫男女相悦之情，自然而率真。

李白

玉階怨[1]

玉階生白露，夜久侵羅襪[2]。卻下水精簾[3]，玲瓏望秋月[4]。

注釋

1 玉階怨：樂府《楚調曲》的舊題，李白擬作，寫閨怨。2 侵羅襪：露水打濕了絲織襪子。3 水精簾：即水晶所製簾子。4 玲瓏：澄澈明亮的樣子。

賞析與點評

詩題雖是詠「怨」，全詩卻不着一「怨」字，然迢迢秋夜，寂坐孤眠，幽怨之意隱然見於言外。

盧綸

塞下曲[1]　四首

其一

鷲（jiù）翎金僕姑[2]，燕尾繡蝥弧（máo hú）[3]。獨立揚新令[4]，千營共一呼。

注釋

1 塞下曲：唐樂府舊題，屬《橫吹曲》，源出《出塞》、《入塞》曲。一題作《張僕射塞下曲》。題下原有六首，此選前四首。2 鷲：鷹的一種，體形較大。翎：鳥尾上長羽毛。金僕姑：箭名。3 燕尾：指旗上飄帶。蝥弧：旗名。4 揚：傳達。

賞析與點評

另題作《張僕射塞下曲》中的張僕射指張延賞，貞元年初官至左僕射同平章事。此詩以佩箭、帥旗等襯託將軍挺立千軍萬馬中，一呼百應、號令如山之態。突出軍中武備精良，軍容整肅，氣勢雄壯。

其二

林暗草驚風，將軍夜引弓[1]。平明尋白羽[2]，沒在石稜中[3]。

注釋

1 引弓：拉弓 2 平明：天剛亮。白羽：指箭。3 石稜：石之邊角，此指石縫。

其三

月黑雁飛高，單于夜遁逃。欲將輕騎逐，大雪滿弓刀。

其四

野幕敞瓊筵[1]，羌戎賀勞旋[2]。醉和金甲舞[3]，雷鼓動山川[4]。

注釋

1 野幕：指野地裏的營帳。敞：開設。瓊筵：指盛宴。2 羌戎：泛指西北少數民族，此指被征服而歸附的部族。賀勞：慶賀慰勞。旋：凱旋。3 和：穿戴着。金甲：鎧甲。4 雷鼓：即擂鼓。

賞析與點評

此詩寫戰勝歸來慶功祝捷的歡欣場景。透過宴飲歌舞、鼓震山川、羌戎異族齊來賀的場面，表現出戰功之盛、軍民之歡。

李益

江南曲[1]

嫁得瞿塘賈（gǔ）[2]，朝朝誤妾期。早知潮有信[3]，嫁與弄潮兒[4]。

注釋

1江南曲：樂府《相和歌》舊調，源自江南民歌，多寫男女戀情。2瞿塘賈：指經長江入蜀經商的商人。3潮有信：指潮水漲落有固定的時候。4弄潮兒：據《元和郡縣誌》卷二十五記載，每年八月十八日人們觀浙江潮時，總有漁家子弟溯濤觸浪，稱之為弄潮。

七言絕句　五十一首

七言絕句，簡稱「七絕」，既包括七言律絕，也包括七言古絕，前者屬於近體詩的一種，後者則屬於古體詩的一種。七絕起源於六朝，在齊梁時期成型，初唐階段成熟。七言絕句，每首四句，每句七個字，其章法往往是一、二句正說，三、四句轉折，從而使全詩婉曲迴環，韻味無窮。七言律絕則四句二韻或三韻，平仄、押韻均有要求。依據平仄，其定格有四式：首句仄起不入韻式、首句仄起入韻式、首句平起不入韻式、首句平起入韻式。唐代絕句氣象高遠，名家有李白、王昌齡、杜牧、劉禹錫、李商隱等人。

賀知章

賀知章（六五九—七四四），字季真，會稽永興（今浙江蕭山）人。曾做過太子賓客、秘書監。天寶二年（七四三）上疏請為道士，求還鄉里。至鄉不久而卒。賀知章早年就以文詞知名，與包融、張旭、張若虛並稱「吳中四士」。賀知章性格疏放不羈，晚年自號「四明狂客」；又好飲酒，與李白、張旭等合稱「飲中八仙」。《全唐詩》存其詩一卷。

回鄉偶書

少小離家老大回，鄉音無改鬢毛衰（cuī）[1]。兒童相見不相識，笑問客從何處來。

注釋　1 衰：稀疏。

張旭

張旭（生卒年不詳），字伯高，吳郡（今江蘇蘇州）人。天寶年間當過金吾長史，故世稱「張長史」。張旭最善草書，唐文宗時，詔以李白歌詩、裴旻劍舞、張旭草書為「三絕」。他又嗜酒，是「飲中八仙」之一，每每大醉後號呼狂奔，下筆揮灑，或以頭濡墨而書，變化無窮，如有神助。亦工詩，今存詩十首，《全唐詩》存其詩六首。

桃花溪 [1]

隱隱飛橋隔野煙，石磯（jī）西畔問漁船[2]。桃花盡日隨流水，洞在清溪何處邊？

注釋　1 桃花溪：在今湖南桃源縣西南，源自桃花山。2 磯：水邊突出的巖石。

王維

九月九日憶山東兄弟[1]

獨在異鄉為異客，每逢佳節倍思親。遙知兄弟登高處，遍插茱萸（zhū yú）少一人。[2]

注釋

1 此詩作於王維十七歲時。當時他在長安，家鄉蒲州（今山西永濟）在華山之東，故稱家鄉兄弟為山東兄弟。九月九日：重陽節。2「遙知」二句：遙想兄弟們一定都登高插茱萸，只我一人還在異鄉。茱萸，一種有濃香的植物。據《風土記》載，古時在重陽節有登高飲菊花酒、佩茱萸以避禍驅邪的風俗。

王昌齡

芙蓉樓送辛漸[1]

寒雨連江夜入吳，平明送客楚山孤[2]。洛陽親友如相問，一片冰心在玉壺。

注釋

1 芙蓉樓：為唐代潤州（今江蘇鎮江）之西北角樓。辛漸：王昌齡友，生平不詳。2 楚山：潤州春秋時屬吳地，戰國時屬楚地，故稱楚山，與上句「吳」互文。

賞析與點評

詩人到芙蓉樓送友人辛漸赴洛陽，寒雨淒迷，楚山孤立，渲染出一派寒峭孤清的氛圍。送別詩本應寫離情別緒，但最後一句卻不言別意，不說思念，而是以玉壺冰心自喻，表明自己的品格與操守，為自己屢遭「不矜細行」的謗議而自白。

閨怨

閨中少婦不知愁，春日凝妝上翠樓[1]。忽見陌頭楊柳色[2]，悔教夫婿覓封侯[3]。

注釋

1 凝妝：盛妝。2 陌頭：田邊路旁。3 覓封侯：為封侯而從軍遠征。

賞析與點評

詩人先寫少婦「不知愁」，再寫其盛裝登樓賞玩，最後寫她因見年年柳色，觸景而傷情，挑動了心底思念夫婿之情，「悔」意驟起，閨怨驟生。詩中春光襯託出閨中少婦之明麗開朗，同時也反襯出她的孤清寂怨。未言怨而愁怨自見，章法巧妙，情思婉折，是唐詩中寫閨情的代表作。

春宮曲

昨夜風開露井桃[1]，未央前殿月輪高[2]。平陽歌舞新承寵[3]，簾外春寒賜錦袍。

注釋

1 露井桃：《宋書・樂志・雞鳴古詞》有「桃生露井上」之句。露井，露天之井。2 未央：此借指唐之宮殿。3 平陽歌舞：據《漢書・外戚傳》記載，漢武帝即位，數年無子。後到其姊平陽公主家，看中了歌女衞子夫，公主送其入宮，大得寵倖。陳皇后聞之，極感憤妒。後衞子夫生男，立為皇后。在此喻後宮得寵的宮人。

賞析與點評

本詩側寫宮中未受寵宮女的怨思。詩人寫承寵新人如露井上的桃花，又如衞皇后新寵於漢武帝，只因簾外春寒便得御賜錦袍；而失寵宮人只能苦望中天高月。詩歌含蓄而委婉，但歎羨怨妒已俱現。

王翰

王翰（生卒年不詳），字子羽，并州晉陽（今山西太原）人。景雲元年（七一〇）進士，為張說所禮重，當過秘書正字、駕部員外郎、汝州長史、道州別駕等。王翰恃才豪健，能文善詩，善寫邊塞生活。張說評其所作「有如瓊杯玉斝（jiǎ），雖爛然可珍，而多有玷缺」（《大唐新語》引）。有《王翰集》十卷，已佚。《全唐詩》存其詩一卷。

涼州曲 [1]

蒲萄美酒夜光杯[2]，欲飲琵琶馬上催[3]。醉臥沙場君莫笑，古來征戰幾人回。

注釋

1 涼州曲：又作《涼州詞》，唐樂府名。據《樂府詩集》引《樂苑》說，它是開元年中西涼府都督郭知運進獻給朝廷的。涼州：在今甘肅武威。2 蒲萄：即葡萄。夜光杯：據《海內十洲記》記載，周穆王時，西域曾進獻白玉製作的「光明照夜」的「夜光常滿杯」。這裏藉以形容酒杯的晶瑩精緻。3 催：彈奏。

賞析與點評

征戰沙場本極為艱苦，但在充滿建功立業浪漫情懷的詩人筆下，卻是如此豪邁昂揚。手持流光溢彩的白玉杯，在琵琶聲中暢飲琥珀般醉人的葡萄美酒，盡興醉後隨意倒卧而眠，任性而歡快。正是在如此慷慨豪情的襯託下，戰士返鄉無期，戰爭無情的殘酷現實更顯突出。詩中充滿諧謔奇想，在曠達中更顯其意苦。

李白

黃鶴樓送孟浩然之廣陵[1]

故人西辭黃鶴樓，煙花三月下揚州[2]。孤帆遠影碧空盡，惟見長江天際流。

注釋

1 孟浩然：盛唐詩人。之：往。廣陵：今江蘇揚州。2 煙花三月：繁花濃麗的春天。

早發白帝城[1]

朝辭白帝彩雲間，千里江陵一日還。兩岸猿聲啼不盡[2]，輕舟已過萬重山。

注釋　1 此詩又題《白帝下江陵》。2 盡：一作「住」。

賞析與點評

此詩的成詩時間存在不同的說法，一說為開元年間李白初出夔門時作，一說為乾元二年因永王李璘事流放夜郎，遇赦時所作。但無論是何時所作，這首詩表達的都是詩人乘舟由白帝據高順流而下江陵，那種「雖乘奔御風，不為疾也」的歡快心情。其中「猿聲」一句有設色託起之妙，若無此句，全詩則過於直白而無味，詩人若等閒道出，寫出瞬息千里，有如神助，這便是太白詩之風概。

岑參

逢入京使

故園東望路漫漫[1]，雙袖龍鍾淚不乾[2]。馬上相逢無紙筆，憑君傳語報平安。

注釋

1 故園：指西安。2 龍鍾：被淚水霑濕的樣子。

賞析與點評

詩人離鄉遠赴安西都護府，在漫長征途中偶逢入京使者，寫下思鄉懷親之情。全詩俚情直語，卻是波瀾起伏，敍事真切。

杜甫

江南逢李龜年[1]

岐王宅裏尋常見[2]，崔九堂前幾度聞[3]。正是江南好風景，落花時節又逢君。

注釋

1 江南：指長江、湘水一帶。李龜年：唐時著名音樂家，善歌，開元、天寶年間頗負盛名，得玄宗優遇。安史之亂後，流落江南，每逢良辰勝景，為人歌數曲，座中無不掩淚罷酒。2 岐王宅：在洛陽尚善坊。岐王，李範，睿宗之子、玄宗之弟。喜愛文學，好結納文士。尋常：平常。3 崔九堂：崔滌有宅在洛陽遵化里。崔九，即崔滌，玄宗寵臣，常出入禁中。

韋應物

滁州西澗[1]

獨憐幽草澗邊生[2]，上有黃鸝深樹鳴。春潮帶雨晚來急，野渡無人舟自橫。

注釋

1 西澗：在滁州（今安徽滁縣）城西，俗稱上馬河。2 獨憐：只愛。

賞析與點評

詩人春遊西澗，晚雨野渡，所見本是尋常景物，但因詩人了悟純任自然的真趣，是以「獨憐」自然景物自生自榮。詩境清幽而不冷峭，靜謐而不孤寂，悠然而意遠。

張繼

張繼（生卒年不詳），字懿孫，襄州（今湖北襄陽）人。有《張繼詩》一卷，《全唐詩》存其詩一卷。

楓橋夜泊[1]

月落烏啼霜滿天，江楓漁火對愁眠。姑蘇城外寒山寺[2]，夜半鐘聲到客船。

注釋

1 楓橋：在今江蘇蘇州市西郊。2 姑蘇：蘇州的別稱，因城西南有姑蘇山而得名。寒山寺：寺在楓橋邊，相傳因唐名僧寒山、拾得曾在此居住而得名。

韓翃

寒食[1]

春城無處不飛花[2]，寒食東風御柳斜[3]。日暮漢宮傳蠟燭[4]，輕煙散入五侯家[5]。

注釋

1 寒食：古代以冬至後一百零五天為寒食節，約在清明節前二天，其時禁火，吃寒食。寒食禁火是古代「改火」習俗的沿續，每年春天，滅舊火，用新火，除舊迎新。2 飛花：初春柳絮紛飛，稱飛花。3 御柳：指皇宮之柳。4 漢宮：指唐宮。傳蠟燭：寒食節時，據唐制，須由宮廷取新火，以賜羣臣。5 五侯：《漢書・元后傳》載，漢成帝時封王譚等五個外戚為侯，稱「五侯」。此處指朝廷王侯權貴。

劉方平

劉方平（生卒年不詳），河南人。懷才不遇，隱居不仕。工詩，為李頎、蕭穎士所讚頌。辛文房評其詩「多悠遠之思，陶寫性靈，默會風雅，故能脫略世故，超然物外」（《唐才子傳》）。有《劉方平詩》一卷，《全唐詩》存其詩一卷。

月夜

更深月色半人家[1]，北斗闌干南斗斜[2]。今夜偏知春氣暖，蟲聲新透綠窗紗。

注釋

1 半人家：半個庭院。指月亮已西斜，只能照亮半個院落。2 闌干：形容星斗橫斜。

春怨[1]

紗窗日落漸黃昏，金屋無人見淚痕[2]。寂寞空庭春欲晚，梨花滿地不開門。

注釋

1 此題原有詩二首，此為其一，是一首宮怨詩。2 金屋：指華麗的宮殿，引漢武帝金屋藏嬌事。

賞析與點評

天色向晚，寵衰宮人幽坐深宮，獨自守曾經備受榮寵的華麗。院中梨花零落滿地，曾經輕柔、瑩白，如今只在寂寥中獨自殘敗。晚春暮色，花事消歇，最是引人寂寞傷情。

柳中庸

柳中庸（生卒年不詳），名淡，以字行於世，蒲州虞鄉（今山西永濟）人。天寶中受學於蕭穎士，後居江南。曾詔授洪府戶曹，不就。與陸羽、李端等友善。《全唐詩》存其詩十三首。

征人怨

歲歲金河復玉關[1]，朝朝馬策與刀環。三春白雪歸青塚，萬里黃河繞黑山[2]。

注釋

1 金河：即黑河，在今內蒙古呼和浩特市南，唐時屬匈奴轄地。2 黑山：即殺虎山，在今呼和浩特市東南。

顧況

顧況（約七二七—約八二〇），字逋翁，自號華陽山人。蘇州海鹽（今屬浙江）人。至德二年（七五七）進士，曾任秘書省著作佐郎職。晚年歸隱茅山。顧況性詼諧放任，有詩名，長於歌行。皇甫湜稱其詩「偏於逸歌長句，駿發踔厲，往往若穿天心，出月脅，意外驚人語非尋常所能及」（《唐故著作佐郎顧況集序》）。今有《顧華陽集》三卷行世，《全唐詩》編其詩四卷。

宮詞[1]

玉樓天半起笙歌[2]，風送宮嬪笑語和[3]。月殿影開聞夜漏，水精簾捲近秋河。

注釋　1 此題下原為五首，此為其二。2 天半：形容玉樓之高。3 和：喧鬧之意。

賞析與點評

關於此詩的解讀，有兩種說法。一者認為，此詩乃是詠歎宮怨，詩人以他人得寵的歡樂反襯失寵宮女的幽怨，在一鬧一靜間，產生強烈的對比。一者則認為，此詩乃是描寫玄宗與楊貴妃在驪山華清宮的愛情故事。如果僅從此首詩表面的字義，以及一般宮詞慣常的解讀來看，此詩可說是不言怨情，而怨情顯露言外；但如從組詩的角度而言，其他四首詩皆言宮中行樂之事，而此詩中簾近秋河、影開月殿的飄渺朦朧，或者不必視為悲涼之景，而捲簾望星、夜聞玉漏也可以是描述有情人間無聲勝有聲的深情。

李益

夜上受降城聞笛[1]

迴樂峯前沙似雪[2]，受降城外月如霜。不知何處吹蘆管[3]，一夜征人盡望鄉。

注釋

1 受降城：唐代有三處受降城，此指西城，在今寧夏靈武。2 迴樂峯：指迴樂縣城附近的山峯。迴樂縣故址在今寧夏靈武西南。3 蘆管：即蘆笳，以蘆葉為管的樂器。

劉禹錫

烏衣巷[1]

朱雀橋邊野草花[2]，烏衣巷口夕陽斜。舊時王謝堂前燕，飛入尋常百姓家[3]。

注釋

1 此詩是《金陵五題》的第二首。烏衣巷：在今南京市區東南，原為三國東吳駐軍之處，士兵皆穿烏衣，因此得名。自東晉至唐代，烏衣巷一直是王、謝兩大世家的居處。2 朱雀橋：秦淮河上的浮橋，在六朝都城金陵正南朱雀門外，今南京淮河之南。

賞析與點評

只因現在的「尋常」，便已襯顯出當時的不凡。詩人以小見大，不直言舊時貴冑豪宅的衰敗，而是經由烏衣巷現狀中小景物的描寫，藉言於燕，發抒撫今弔古的感慨。

春詞[1]

新妝宜面下朱樓[2]，深鎖春光一院愁。行到中庭數花朵，蜻蜓飛上玉搔頭[3]。

注釋

1 一題《和樂天春詞》。2 宜面：指打扮得勻稱合宜。3 玉搔頭：玉簪。

賞析與點評

不言人愁，只說春光深鎖，滿院皆愁；不說寂寥，只說孤立院中閒數花朵；不說孤淒，新妝無人可賞，只說蜻蜓被花容吸引，停佇欣賞。詩人委婉曲折地描寫女子不知為誰而妝飾的自憐自傷，刻畫細膩委婉，別致有味。

白居易

宮詞[1]

淚盡羅巾夢不成，夜深前殿按歌聲[2]。紅顏未老恩先斷，斜倚熏籠坐到明[3]。

注釋　1 題一作《後宮詞》。2 按：按着節拍。3 熏籠：熏香爐上罩的竹籠。

賞析與點評

此詩寫宮女哀怨，以通宵歌舞歡笑對比長夜孤坐垂淚，凸顯宮女悲涼的遭遇及其內心的忿怨與悽楚。手法淺切直致，但直白而含蓄不足。

張祜

贈內人[1]

禁門宮樹月痕過，媚眼惟看宿鷺窠（kē）[2]。斜拔玉釵燈影畔，剔開紅焰救飛蛾[3]。

注釋　1 內人：唐代稱入宮內宜春院的歌舞伎為內人，後又泛指宮人。2 窠：鳥窩。3 紅焰：燈芯。

賞析與點評

此詩通過細節描寫，表現出宮女靜夜寂寞無聊的心境，代傷其身世。剔焰救蛾，正是憐牠自憐，無意而有情。意味雋永，蘊藉而細膩。

集靈台 二首[1]

其一

日光斜照集靈台，紅樹花迎曉露開。昨夜上皇新授籙（lù）[2]，太真含笑入簾來[3]。

注釋

1 集靈台：即長生殿，在華清宮中，因用以祭神，故稱。2 授籙：授予道籙。籙，道家秘文。指唐玄宗下詔令楊玉環出家為女道士事。3 太真：楊玉環為道士時，道號太真。

賞析與點評

此詩諷刺唐玄宗納子婦為妃的醜行。楊玉環本為唐玄宗子壽王之妃，玄宗命她先出家為女道士，再納為貴妃。「集靈台」本為祭祀天神之處，如今成為藏嬌之所。初日斜照，紅花迎露，諷其曖昧；含笑入簾，寫其輕薄。譏諷之情顯而易見。

其二

虢（guó）國夫人承主恩[1]，平明騎馬入宮門。卻嫌脂粉污顏色，淡掃蛾眉朝至尊。[2]

注釋

1 虢國夫人：楊玉環三姐，嫁於裴家，封虢國夫人。2「卻嫌」二句：典出樂史《太真外傳》：「虢國不施脂粉，自炫美豔，常素面朝天。」至尊，皇帝，指唐玄宗。

賞析與點評

詩人不直指虢國夫人為何承恩，只寫她驕慢不遵宮中禮儀，並極言其花容月貌。虢國並非後妃，卻備得恩寵，得以騎馬出入宮門禁地。虢國之輕佻，玄宗之荒唐，二人之曖昧，雖不言卻已昭然若揭。似褒實貶，字字譏諷，蘊藉委婉，耐人咀嚼。

題金陵渡[1]

金陵津渡小山樓[2]，一宿行人自可愁。潮落夜江斜月裏，兩三星火是瓜州[3]。

注釋

1 金陵渡：在今江蘇鎮江江邊，與瓜洲隔岸相對。2 津渡：渡口。小山樓：張祜寄宿之處。3 瓜州：又作瓜洲，在今江蘇揚州長江邊，為南北交通要衝。

賞析與點評

詩寫羈愁旅意，夜泊金陵津渡遙望瓜洲星火，月斜潮落，星火點點，本是承載萬千愁緒的江景，詩人巧以尋常語言熔鑄天然佳景，幽然如一幅靜謐恬淡的江上夜景圖。

朱慶餘

朱慶餘（生卒年不詳），名可久，以字行於世，越州（今浙江紹興）人。其詩受張籍讚賞，由是知名，與賈島、姚合、顧非熊等唱和。徐獻忠稱其詩「文有精思，詞有調發，意匠所遣，縱橫得意」（《唐詩品》）。有《朱慶餘詩》一卷，《全唐詩》存其詩二卷。

宮中詞[1]

寂寂花時閉院門，美人相並立瓊軒[2]。含情欲說宮中事，鸚鵡前頭不敢言。

注釋

1 一作《宮詞》。2 瓊軒：裝飾富麗的長廊。

賞析與點評

詩人通過細節描寫，以典麗的語言，揭露宮廷生活的可悲與黑暗，蘊藉而婉曲。

近試上張水部[1]

洞房昨夜停紅燭[2]，待曉堂前拜舅姑[3]。妝罷低聲問夫婿，畫眉深淺入時無[4]？

注釋

1 又作《閨意獻張水部》。近試：臨近考試。張水部：指張籍，他曾任水部員外郎。水部，工部四司之一，掌水道事。2 停：置放。3 舅姑：公婆。4 入時：時髦。

賞析與點評

唐代讀書人應考之前，常以詩文投獻當朝文壇以及政壇的名人，以求得到賞識援引。詩人意在求薦，詩中以新嫁娘自比，夫婿暗指張籍，舅姑隱喻主考官，不直言正意而以喻託手法表達求取賞識之意。構思精巧，寄意言外。對於新婦含思婉轉的心理以及嬌怯溫柔的體態刻畫入微，極盡旖旎閨情。

杜牧

將赴吳興登樂遊原[1]

清時有味是無能[2]，閒愛孤雲靜愛僧。欲把一麾江海去[3]，樂遊原上望昭陵[4]。

注釋

1 吳興：今浙江吳興。2 清時：政治清明之時。有味：興味，閒情。3 把：持。麾：指旌旗。此處指出任外省官吏。江海：此指湖州。因湖州臨太湖、近海濱，故稱。4 昭陵：唐太宗陵墓，在今陝西醴泉縣。

賞析與點評

由朝官出任外職，從此遠離中樞，就如同失去了朝廷的信任與恩寵。負才自高的詩人，心中意氣難平，詩中自言無能，嚮往閒雲野鶴的隱逸生活，皆是正話反說，以表達內心對於時世不明、才士失志的忿怨、無奈、苦悶與牢騷。臨行遠望昭陵，自傷不遇太宗之時，懷想大唐盛世。全詩婉轉含蓄，跌宕俊拔。

赤壁[1]

折戟沉沙鐵未銷，自將磨洗認前朝[2]。東風不與周郎便，銅雀春深鎖二喬。[3]

注釋

1 赤壁：在今湖北武昌赤磯山，一說在今湖北蒲圻縣赤壁山。2 折戟：斷戟。戟，古代兵器。將：拿起。3「東風」二句：指赤壁之戰火燒曹操水軍事。周郎，指周瑜。銅雀，台名。曹操在鄴城（今河北臨漳縣）建銅雀台，高十丈，極盡富麗。樓頂有大銅雀，故名。曹操把自己的寵姬歌伎盡貯台中，以娛晚景。二喬，指東吳美女大喬、小喬，大喬為孫策之婦，小喬為周瑜之婦。

賞析與點評

詩人由一片折戟興起史論，自出機杼，為史實翻案，將赤壁之戰的成功全部歸結於「東風」的客觀因素，周瑜的成功乃是一時僥倖。詩人藉嘲諷周瑜，以抒發懷才不遇的憤懣與牢騷。評斷未必完全正確，但讀來別饒趣味，

泊秦淮[1]

煙籠寒水月籠沙，夜泊秦淮近酒家。商女不知亡國恨[2]，隔江猶唱後庭花[3]。

注釋

1 秦淮：金陵（今江蘇南京市）秦淮河。時秦淮河兩岸酒家林立，紙醉金迷，為尋歡作樂之所。2 商女：指賣藝為生的歌伎。

寄揚州韓綽判官[1]

青山隱隱水迢迢[2]，秋盡江南草未凋[3]。二十四橋明月夜[4]，玉人何處教吹簫[5]？

注釋　1 韓綽：其人不詳。判官：唐時節度使、觀察使的僚屬。2 迢迢：形容遙遠。一作「遙遙」。3 未：一作「木」。4 二十四橋：此橋有二說，一為宋沈括所說，《夢溪筆談·補筆談》中記載了揚州二十四座橋的名稱；一說，二十四橋即吳家磚橋，又名紅藥橋，因古時有二十四位美人在橋上吹簫，故名。5 玉人：美人，此指韓綽。

遣懷

落魄江湖載酒行，楚腰纖細掌中輕[1]。十年一覺揚州夢，贏得青樓薄倖名[2]。

注釋　1「楚腰」句：指喜愛那些體態輕盈、腰肢纖細、能歌善舞的美女。楚腰，典出《韓非子·二柄》：「楚靈王好細腰，而國中多餓人。」此處喻美人細腰。掌中輕，典出《飛燕外傳》，說漢成帝皇后趙飛燕體輕，能在掌中起舞。纖細，一作「腸斷」。2 贏得：一作「佔得」。

秋夕[1]

銀燭秋光冷畫屏[2]，輕羅小扇撲流螢。天階夜色涼如水[3]，臥看牽牛織女星。

注釋

1 一題王建作。2 銀燭：白蠟燭。3 天階：指皇宮裏的台階。

贈別　二首

其一

娉（pīng）娉嫋嫋十三餘[1]，荳蔻（kòu）梢頭二月初[2]。春風十里揚州路，捲上珠簾總不如。

注釋

1 娉娉嫋嫋：形容女子柔美。2 荳蔻：荳蔻花，形似芭蕉，初夏開花。二月初尚含苞未放，常用以比喻處女。

其二

多情卻似總無情，唯覺樽前笑不成。蠟燭有心還惜別，替人垂淚到天明。

金谷園[1]

繁華事散逐香塵，[2]流水無情草自春[3]。日暮東風怨啼鳥，落花猶似墮樓人[4]。

注釋

1 金谷園：西晉石崇別墅。在今洛陽西北金谷澗，極盡豪華。2「繁華」句：意謂金谷園昔日繁華隨香塵一起煙消雲散。香塵，據《拾遺記》記載，石崇曾「屑沉水之香如塵末，佈象牀上，使所愛者踐之，無跡者賜以真珠」。3 流水：此指金谷澗水。4 墮樓人：指綠珠。據《晉書．石崇傳》記載，石崇有愛妾名綠珠，美豔聰慧。權臣孫秀想要她，石崇說：「綠珠吾所愛，不可得也！」孫秀怒而假託聖旨，逮捕石崇。石崇對綠珠說：「我今為爾得罪。」綠珠哭曰：「當效死於君前。」跳樓殉情。石崇一門俱被害。

賞析與點評

詩人遊覽金谷園後，詠春弔古，寄寓人事滄桑變遷蒼涼之思。詩中以「落花」喻「墜樓人」，傷春感昔，即物興懷，抒寫對綠珠薄命如落花的同情與哀悼。日暮時分，東風啼鳥，是人是花，合成一淒迷之境。

李商隱

夜雨寄北[1]

君問歸期未有期，巴山夜雨漲秋池[2]。何當共剪西窗燭，卻話巴山夜雨時。[3]

注釋

1 又題作《夜雨寄內》。2 巴山：今四川、陝西、湖北交界處的大巴山。此泛指四川東部的山。3「何當」二句：是設想重逢時的情景。何當，何時。卻話，回憶、追溯過去而談起。

寄令狐郎中[1]

嵩雲秦樹久離居[2]，雙鯉迢迢一紙書[3]。休問梁園舊賓客[4]，茂陵秋雨病相如[5]。

注釋

1 令狐郎中：指令狐綯，當時在長安任右司郎中。2 嵩雲：嵩山之雲。秦樹：秦中之樹。這裏分別借指洛陽、長安兩地。3 雙鯉：指書信。典出古樂府《飲馬長城窟行》：「客從遠方來，遺我雙鯉魚。呼兒烹鯉魚，中有尺素書。」4 梁園：漢梁孝王的宮苑，遺址在今河南商丘。大文學家司馬相如曾為梁孝王的賓客，在梁園住過。舊賓客：作者自稱。李商隱曾先後三次在令狐綯之父令狐楚的幕府中為幕僚，與令狐楚諸子遊。5 茂陵：漢武帝陵墓，在今陝西興平。司馬相如曾因患病，被免去孝文園令，住於茂陵。作者用以自喻。

為有[1]

為有雲屏無限嬌[2]，鳳城寒盡怕春宵[3]。無端嫁得金龜婿[4]，辜負香衾事早朝。

注釋

1 此詩以首二字為題。2 雲屏：雲母石飾製的屏風。3 鳳城：即京城。4 無端：不料。金龜：唐武則天時，三品以上大官要佩金飾的龜袋，稱金龜。金龜婿：指身居高官的丈夫。

隋宮[1]

乘輿南遊不戒嚴[2]，九重誰省（xǐng）諫書函[3]。春風舉國裁宮錦，半作障泥半作帆。[4]

注釋

1 隋宮：指隋煬帝在江都（今江蘇揚州）所建的江都、顯福、臨江等行宮。2 南遊：隋煬帝在位時曾三次南巡江都。戒嚴：按禮制，皇帝出遊時沿途需實行戒嚴。3 九重：指皇宮，也可借指皇帝。省：理會。諫書函：煬帝三遊江都時，奉信郎崔民象、王愛仁等上書極諫，均被殺。4「春風」二句：意謂正當春天務農之時，全國百姓卻都在織裁宮錦，以供隋煬帝南巡時，一半用作馬韉，一半當作船帆。宮錦，宮中所用的華美錦緞。障泥，即馬韉，墊在馬鞍下，垂於馬背兩邊以擋泥土。

賞析與點評

詩人寫隋煬帝遊幸江都，以「趁興」寫其無所顧忌，以「不戒嚴」見其冒險輕身，「誰省」則言其不聽忠諫，濫殺忠良。選取舉國裁宮錦之典型事例集中書寫，其中裁錦為帆之事取之史籍，而宮錦為障泥則是詩人之想像，一虛一實，極狀其奢淫盤遊之無度，舉國皆狂，民不堪命之情狀如在眼前。晚唐君主多昏淫無道，詩人心憂國事，陳古刺今，意在言外。

瑤池

瑤池阿母綺窗開，[1] 黃竹歌聲動地哀。[2] 八駿日行三萬里[3]，穆王何事不重來？

注釋

1「瑤池」句：意謂西王母在瑤池開窗等待穆王。瑤池阿母，據《穆天子傳》記載，周穆王西遊崑崙山，與西王母會宴於瑤池。臨別時，西王母作歌，希望穆王「將子毋死，尚能復來」。穆王表示，三年後再來相會。阿母，即西王母。綺窗，雕飾精麗的窗戶。2「黃竹」句：藉以暗示周穆王已死。黃竹，地名。《穆天子傳》記載，周穆王在黃竹路上見風雪凍死人，便作詩哀之。3 八駿：相傳周穆王有赤驥、驊騮等八匹駿馬。

賞析與點評

《穆天子傳》中，穆王有哀民之德，有日行萬里之八駿，並得遇西王母，卻依然難逃一死的命運。詩人藉此以斥求仙之舉的愚妄，說明長生之不可求，諷刺唐王學仙服藥之虛妄無稽。

嫦娥[1]

雲母屏風燭影深，長河漸落曉星沉[2]。嫦娥應悔偷靈藥，碧海青天夜夜心。

注釋

1 嫦娥：古代傳說中的后羿之妻。后羿從西王母處得到不死靈藥，嫦娥竊而食之，成仙而奔向月宮。後稱嫦娥為月中仙子。2 長河：銀河。

賞析與點評

此詩寓意眾說紛紜，有哀悼亡人、譏刺私奔、詠女道士、自傷身世等多種看法。詩人原意已無從獲知，只知詩人夜半未眠，望月懷想月中嫦娥雖高居瓊樓玉宇，遠離塵囂，高潔清靜，但夜夜獨對碧海青天，清冷寂寥之情應是難以排遣，而這也應正是望月之人的自身處境與心境。

賈生[1]

宣室求賢訪逐臣[2]，賈生才調更無倫[3]。可憐夜半虛前席[4]，不問蒼生問鬼神[5]。

注釋

1 賈生：指賈誼。據《史記・屈原賈生列傳》記載，西漢賈誼才高志大，曾任大中大夫。漢文帝召見他，問以鬼神之事，十分佩服，卻不請教有關百姓生計之事。2 宣室：漢未央宮正室。漢文帝在此召見賈誼。逐臣：賈誼曾被貶長沙，故稱逐臣。3 才調：才華、品德。4 前席：把坐席向前挪動。據載，漢文帝聽賈誼講鬼神之事，直到半夜，因聽得入神，不覺將坐席移近賈誼。5 蒼生：指百姓。

溫庭筠

瑤瑟怨[1]

冰簟銀牀夢不成[2]，碧天如水夜雲輕。雁聲遠過瀟湘去[3]，十二樓中月自明[4]。

注釋

1 瑤瑟：飾有美玉之瑟。2 冰簟：涼席。銀牀：指華麗的牀。3 瀟湘：水名，即瀟水、湘江，在今湖南境內，暗用《楚辭．遠遊》中湘靈鼓瑟的典故。4 十二樓：崑崙山上有五城十二樓，為仙人居處，此處以十二樓借指閨樓。

鄭畋

鄭畋（tián）（八二五—八八三），字台文，滎陽（今屬河南）人。會昌二年（八四二）進士，歷任秘書省校書郎、中書舍人。僖宗時官至宰相。鄭畋文學優贍，尤擅制誥，亦有詩名。有《玉堂集》五卷，《鳳池稿草》、《續鳳池稿草》各三十卷，均佚。《全唐詩》存其詩十六首。

馬嵬（wéi）坡[1]

玄宗回馬楊妃死[2]，雲雨難忘日月新[3]。終是聖明天子事，景陽宮井又何人[4]。

注釋

1 馬嵬：在今陝西興平縣。唐天寶十四年安祿山反，次年玄宗倉皇奔蜀，過馬嵬驛，賜楊貴妃死，葬於此。2 回馬：指叛亂平定後，唐玄宗從蜀地返回長安。3 雲雨：引宋玉《高唐賦》楚王夢遇巫山神女事，指帝王豔遇及男女歡會。日月新：指唐肅宗即位後，中興唐室。4 景陽宮井：即景陽井，又稱胭脂井，在今南京。陳後主聞隋兵攻入都城，偕寵妃張麗華、孔貴嬪逃匿於井內，終被俘獲。

賞析與點評

此詩詠玄宗與楊貴妃事，意在翻案。詩人肯定玄宗賜死楊貴妃的決策英明果斷，以及為國割愛，但卻一直不能忘情，為其開脫「無情」之譏。最後以陳後主失策受辱作為反襯，突出玄宗之聖明。但詩人以昏庸荒淫之陳後主與玄宗兩相比襯，或亦隱含嘲諷玄宗因「難忘雲雨」而誤國的昏庸吧！

韓偓

韓偓（wò），（約八四二—約九一五），字致堯（一作致光），自號玉山樵人。京兆萬年（今陝西西安）人。龍紀元年（八八九）進士，官至兵部侍郎。後為朱全忠排擠而貶為濮州司馬、鄧州司馬。晚年入閩投靠王審知。韓偓十歲能詩，其姨父李商隱曾贈詩，有「雛鳳清於老鳳聲」之句。詩多傷時歎世之作，又作豔詩，成《香奩集》，「詞致婉麗」（薛季宣《香奩集敍》）。有《韓翰林詩集》（或名《玉山樵人集》）行世，《全唐詩》編其詩四卷。

已涼[1]

碧闌干外繡簾垂，猩色屏風畫折技[2]。八尺龍鬚方錦褥[3]，已涼天氣未寒時。

注釋

1 此題下原有詩二首，此為第一首。2 **猩色**：如猩猩血的顏色，指紅色。**折技**：畫花卉的一種技法，畫枝而不帶根。3 **龍鬚**：此指龍鬚草織成之席。

賞析與點評

一句一景，由外到內，碧色欄杆，猩紅屏風，八尺繡榻鋪以珍貴的龍鬚草席，仿佛一幅工筆精描的晚唐閨閣圖。繡簾已下，錦褥已鋪，此中之人為何應眠而未寐？寂寞憂傷氛圍，正如秋涼未寒的時氣，隱隱流瀉。

韋莊

金陵圖[1]

江雨霏霏江草齊[2]，六朝如夢鳥空啼[3]。無情最是台城柳[4]，依舊煙籠十里堤。

注釋

1 此題一作《台城》，原有詩二首，此為其二。金陵：今江蘇南京市。2 霏霏：雨細密的樣子。3 六朝：指吳、東晉、宋、齊、梁、陳六朝。金陵為此六朝的都城。4 台城：為六朝建業城的舊址，在南京市雞鳴山麓，玄武湖邊。

陳陶

陳陶（約八〇三—約八七九），字嵩伯，長江以北人。初舉進士不第。大和中南遊江南、嶺南。後隱居洪州西山，與蔡京、貫休往還。工詩，長於樂府。其事亦多與南唐另一陳陶相混，宋以後人常混二人為一人。有《陳嵩伯詩集》一卷行世，《全唐詩》編其詩二卷，其中都混有南唐陳陶及他人作品。

隴西行[1]

誓掃匈奴不顧身，五千貂錦喪胡塵。[2]可憐無定河邊骨[3]，猶是春閨夢裏人。

注釋

1 題下原有詩四首，此為其二。隴西行：古樂府《相和歌辭・瑟調曲》舊題。2「誓掃」二句：用漢李陵故事。李陵為擊敗匈奴，率步卒不足五千人深入沙漠，為誘兵之計，但因救兵不至而死傷殆盡。貂錦，漢羽林軍着貂裘錦衣。此處指將士。3 無定河：源出內蒙古鄂爾多斯，流經陝西，匯入黃河。因急流挾沙，深淺無定，故名。

賞析與點評

此詩重在描寫軍士的奮不顧身，以及因戰爭而造成的無數家庭悲劇，有多少河邊森森白骨，就有多少思婦春閨夢碎。就在「可憐」與「猶是」的歎息之間，詩人為這些為國捐軀的將士，與失去親人的家庭提出沉痛的控訴。

張泌

張泌（生卒年不詳），字子澄，淮南（今安徽壽縣）人。在南唐李後主時，官至內史舍人。擅詩詞，其詞收入《花間集》，其詩收入《才調集》。《全唐詩》編其詩一卷。

寄人[1]

別夢依依到謝家[2]，小廊迴合曲闌斜[3]。多情只有春庭月，猶為離人照落花。

注釋

1 此題下原有詩二首，此為其一，寫夢寄人，表現入骨相思。2 謝家：此指情人所居之處。唐人常以蕭娘、謝娘稱所愛之人。3 迴合：迴環。

無名氏

雜詩

近寒食雨草萋萋，着麥苗風柳映堤[1]。等是有家歸未得，杜鵑休向耳邊啼[2]。

注釋　1 着：吹拂。2 杜鵑：杜鵑鳥，又名子規，舊說其啼鳴悽婉，如叫「不如歸去」，最能動思鄉人之旅思。

賞析與點評

雜詩即為不拘流例，隨感而詠。詩人寫寒食田野春景，句法特出，意象密集，真切動人。

樂府　九首

七絕樂府，句式和字數與七言絕句類似，既有用樂府古題，亦有自創的樂府曲牌，還有當時的唐教坊曲調。內容則寫閨怨，寫邊塞生活，或寫唐時社會生活。

王維

渭城曲[1]

渭城朝雨裛（yì）輕塵[2]，客舍青青柳色新。勸君更盡一杯酒，西出陽關無故人。[3]

注釋

1 詩題一作《送元二使安西》。元二，其人不詳。安西：指唐安西都護府，治所在今新疆庫車。詩題又作《贈別》、《陽關》。2 渭城：秦時名咸陽，漢時改名渭城，治所在今陝西咸陽市東北。裛：亦作「浥」，濕潤。3 陽關：漢置邊關，因在玉門關南，故稱陽關，故址在今甘肅敦煌西南。

秋夜曲[1]

桂魄初生秋露微[2]，輕羅已薄未更衣。銀箏夜久殷勤弄，心怯空房不忍歸。

注釋

1 秋夜曲：樂府《雜曲歌辭》。2 桂魄：指月亮。

賞析與點評

全詩寫少婦閨怨。春秋之交，夜涼如水，中天明月初現，穿輕薄羅衣的少婦夜深時分仍撫弄銀箏，只因怕見自己獨處空閨。盈盈月華，纖纖羅衣，在這般清華的富麗中，更映照出少婦的空虛與愁思。

王昌齡

長信怨[1]

奉帚平明金殿開[2]，暫將團扇共徘徊[3]。玉顏不及寒鴉色，猶帶昭陽日影來。[4]

注釋

1 長信怨：又作《長信秋詞》，原有五首，此其三。長信，漢宮殿名，據《漢書》記載，班婕妤入宮後，深得漢成帝寵愛，但後因趙飛燕而失寵。婕妤害怕趙飛燕加害，請求到長信宮侍奉太后。2 奉帚：執帚灑掃。平明：天剛亮。3 團扇：相傳班婕妤作《團扇詩》，以團扇比喻自己失寵被棄。4「玉顏」二句：意謂寒鴉從昭陽宮飛來，還帶着太陽的光彩，而自己失寵憔悴，比不上寒鴉的顏色。

出塞[1]

秦時明月漢時關，[2]萬里長征人未還。但使龍城飛將在[3]，不教胡馬度陰山[4]。

注釋

1 出塞：樂府古題，屬《橫吹曲》。此題下原為二首，此為其一。2「秦時」句：此句為互文見意，是説，明月仍是秦漢時的明月，邊關仍是秦漢時的邊關。3 龍城飛將：此處合用二典。龍城，《漢書・衞青傳》載，漢車騎將軍衞青出擊匈奴至龍城，斬首數百。龍城為漢時匈奴祭天處，在今蒙古人民共和國境內，也泛指邊關。飛將，《史記・李將軍列傳》載，漢名將李廣為右北平太守時，勇猛善戰，匈奴稱其為「漢之飛將軍」。此處泛指古代邊塞立功的名將。4 陰山：在今內蒙古中部。

賞析與點評

關山與明月本是梁陳以來邊塞詩中經常出現的題材，詩人即景懷古，征夫離家萬里，久戍邊塞，仰望關山之上與親人千里相共的明月，微含悲怨。以思慕古代名將，暗諷邊將不得其人，致使兵火不絕，征人不歸。本詩意態雄健，悲壯渾成，令人百讀而不厭，被推為唐人七絕壓卷之作。

李白

清平調詞[1] 三首

其一

雲想衣裳花想容，[2]春風拂檻露華濃。[3]若非羣玉山頭見，會向瑤台月下逢。[4]

注釋

1 清平調：為樂府曲牌名，為合李白此組詩而始創。原題缺「詞」字。2「雲想」句：形容楊貴妃衣裳如雲、美貌如花。3「春風」句：以花最為嬌豔之貌喻楊貴妃之美。4「若非」二句：讚美楊貴妃的美貌，只有在天上仙界才能見到。羣玉山、瑤台皆是傳說中西王母所居之處。會，終當。

其二

一枝紅豔露凝香，雲雨巫山枉斷腸。[1]借問漢宮誰得似[2]？可憐飛燕倚新妝[3]。

注釋

1「一枝」二句：以牡丹花承雨露滋潤，比喻貴妃正受君寵，並以楚王、神女巫山雲雨傳說的虛妄，襯托楊貴妃圣眷正隆。2 借問：請問。3 可憐：可愛。飛燕：指趙飛燕。她初為宮女，因貌美且能歌善舞，為漢成帝所寵愛，後立為皇后。倚：依靠。

其三

名花傾國[1]兩相歡[2]，長得君王帶笑看。解釋春風無限恨，[3]沉香亭北倚闌干[4]。

注釋

1 此首寫沉香亭唐玄宗與楊貴妃賞花的情景。2 名花：指牡丹花。唐朝貴族特別看重牡丹。傾國：指楊貴妃。3「解釋」句：名花和美人為君王所愛，能釋解其心中的愁悶悵恨。解釋，解散消釋。4 沉香亭：在唐興慶宮圖龍池東。

賞析與點評

天寶年間，李白入長安供奉翰林，內苑沉香亭前牡丹盛開，唐玄宗偕楊貴妃一同賞花，並宣李白作新詞以助興，李白興到筆隨寫成三首。三首詩都是名花與妃子共詠，而詠花之處都為詠人而發。第一首詩以花映人，「雲想衣裳花想容」所用兩個「想」字，新穎而妙，已成絕唱。第二首承詠花而起，以巫山神女、漢宮飛燕，由神而人兩層襯託，極寫楊貴妃的天然國色。第三首則總承前二首的鋪墊，實寫君主對妃子之隆寵，「兩相歡」已寫出美人絕代豐神，得以消解君主胸中之春恨者，便是那倚欄對花的妃子。太白寫來語由信筆，但組詩三首各成章法，之間更互有針線銜連，雖是頌圣應制之詩，讀來只有風行水上之感。

王之渙

出塞[1]

黃河遠上白雲間[2]，一片孤城萬仞山[3]。羌笛何須怨楊柳[4]，春風不度玉門關[5]。

注釋

1 出塞：又作《涼州詞》。2 黃河遠上：又作「黃沙直上」。3 萬仞：形容極高。仞，古代八尺為一仞。4 楊柳：笛子古曲中有《折楊柳枝》，詞曰：「上馬不捉鞭，反拗楊柳枝。下馬吹橫笛，愁殺行客兒。」由於古人有臨別折柳送行的習俗，故《折楊柳枝》也成為懷鄉怨別的曲調。5 玉門關：故址在今甘肅敦煌西，為古時通西域要道。

杜秋娘

杜秋娘，唐時金陵（今江蘇南京市）人，原為節度使李錡妾，善唱《金縷衣》。後入宮，為唐憲宗所寵。穆宗立，為皇子保姆。皇子被廢，杜秋娘回故鄉，窮老無依。

金縷衣[1]

勸君莫惜金縷衣，勸君惜取少年時。花開堪折直須折[2]，莫待無花空折枝。

注釋

1 金縷衣：唐教坊曲調名，《樂府詩集》編入《近代曲辭》。2 直須：就須。

名句索引

六畫

七畫

八畫

九畫

十畫

十一畫

新 視 野
中華經典文庫

新 視 野

中華經典文庫